COLLANA

RISCONTRI FANTASTICI

- 2 -

AA. VV.

BRIVIDI

Possibilità fuori da ogni zona di comfort

Antologia di racconti brevi

a cura di
Carlo Crescitelli

Revisione del testo a cura di

Lorena Caccamo
sito: servizieditorialiloreca.wordpress.com
email: loreservizieditoriali@gmail.com

Via Luigi Amabile 42
83100 Avellino
ass.riscontri@gmail.com

Via Luigi Amabile 42
83100 Avellino
tel. 340/6862179
e-mail: terebinto.edizioni@gmail.com
www.ilterebintoedizioni.it

INDICE

Brividi Fantasy

Brividi Horror

Brividi Sci-Fi

Prefazione

L'insostenibile leggerezza del... brivido

Parliamoci chiaro: cos'è che manda avanti davvero una storia, che ci tiene incollati pagina dopo pagina fino alla fine e che ci fa dire, arrivati in fondo, che quella storia "funziona", che ci è piaciuta e che ne vorremmo altre così?

Beh, ve lo dico io, se magari non lo avete ancora messo a fuoco: è lo scoccare di quel momento incantato, quel patto sottile tra autore e lettore che si instaura sin dalle prime righe e secondo il quale entrambi si rendono vicendevolmente edotti e consapevoli che l'intero microcosmo di quella vicenda è lì lì per subire un bel trauma, andare a rotoli senza apparente soluzione o rimedio, e a quel punto qualunque cosa accada potrebbe già non bastare più, a guadagnare un porto sicuro, assicurarsi la pelle dell'orso, vivere felici e contenti, insomma fate voi, comunque lo capite che il problema non è da poco, non può essere da poco, in ogni storia che si rispetti. E a poco o a nulla vale, infatti, argomentare che alla fine non si tratta mica della realtà, ma solo e soltanto di una storia di mera fantasia... ah no no no no: mai sentito parlare di "sospensione dell'incredulità"? Fa parte del patto, ne è anzi elemento essenziale:

e se non lo viola l'autore, a maggior ragione non può essere autorizzato a farlo il lettore, pena disamore e disistima reciproca. Come uscirne quindi? L'avevamo detto, che soluzione non c'è... anzi no, c'è, ma... fuori dalla *comfort zone*, diamine. E se no, che storia avvincente sarebbe, quella in cui nessuno rischia, nessuno si gioca il tutto per tutto in una situazione disperata, nessuno ti fa trepidare di paura e strabuzzare gli occhi di meraviglia, nessuno ti tiene in ansia per il suo destino ed il suo futuro?

È così, pensateci bene che è stato sempre così dall'inizio dei secoli; dopo che tre tizi di nome Omero, Dante e William (Shakespeare) si sono inventati un po' di begli inghippi ed intrighi, molto di quello che è venuto dopo si regge su criteri e architetture spesso simili, e quindi tutto ciò che serve per competere è proprio quel fascino sottile e intrigante che... ci tenga il giusto sulla corda man mano che ci avviamo all'epilogo, al gran finale che meritiamo, bello o brutto che sia a questo punto non importa, purché strabiliante e stordente, quello sì.

Se poi alla ricetta aggiungiamo un pizzico di tensione causa alte ed irrinunciabili poste in ballo, una bella spruzzata di decisioni da prendere ma si badi bene il più possibile urgenti, rischiose, imbarazzanti e difficili, le giuste dosi di mistero, agitazione e paura, un bel condimento di paradossi e voli pindarici scientifici e storici, beh allora la ricetta sarà finalmente perfetta per conquistarci e ammaliarci.

Ed è esattamente quello che vi succederà con queste storie da brivido, tinte man mano di crime, orrore, tecnologia e scenari fantastici: una sola sfumatura tra queste, o anche più di una insieme contemporaneamente, non è questo l'importante, l'importante è crederci per un po', anche e soprattutto dove la razionalità o la logica ci direbbero che è impossibile o perlomeno esagerato e improbabile, ma noi... che colpa ne abbiamo, noi, se siamo amanti del brivido? Non a caso, anche voi vi trovate proprio questo libro tra le mani o su uno schermo, no?

Perciò, buona lettura, sia che vi dedichiate a scegliere a vostro esclusivo gusto e piacere il brivido personale o di genere che preferite, sia che viceversa vi lasciate portate per mano dal primo che vi capita sotto gli occhi: in ordine, ordine contrario, ordine di genere o ordine sparso non conta. Quello che conta è che non rimarrete delusi dalle ricche proposte dei nostri autori – autrici, anzi, per la maggior parte, stavolta, e per giunta quasi tutte/i con altre pubblicazioni alle spalle – né da queste mie impegnative promesse. So quel che dico: sfido, ve li ho selezionati/e apposta!

Ma basta così adesso, vi ho intrattenuto anche troppo: che la lettura incominci, con tutti i necessari debiti di gratitudine che, nelle situazioni belle e giuste come quella di questa raccolta, è sempre e da sempre capace di innescare come per nuova magia ogni volta.

Carlo Crescitelli

Brividi Crime

L'ospite inatteso

di Giuliano Fontanella

"I veri amici si riconoscono nelle disgrazie"
Esopo

Soffriva d'insonnia, perciò avvertì il rumore, che altrimenti sarebbe stato quasi insignificante. L'uomo sbirciò la sveglia dalle lancette fosforescenti sul comodino di destra. Le tre meno cinque.

Aveva spento la luce da almeno un paio d'ore ma i pensieri che continuavano a concatenarsi l'uno all'altro girando in un vortice ripetitivo lo avevano fatto voltare e rivoltare nel grande letto, proibendo al suo cervello di trovare quell'attimo di pace sufficiente per abbandonarsi al sonno.

Non che avesse mai dormito troppo, nella sua vita. Per giungere alla sua attuale posizione, aveva dovuto sgobbare giorno e notte, c'era stato ben poco tempo per poltrire.

– Solo dandosi da fare senza sosta, correndo quando necessario qualche rischio calcolato e coltivando le pubbliche relazioni, si generano soldi – amava dire spesso. Oltre che con i soldi stessi, naturalmente.

E anche in questo caso, disponendo cioè di un capitale iniziale, bisognava comunque essere abili nel gestirlo nel migliore dei modi. Doveva ammetterlo, i soldi che aveva ereditato non ancora trentenne gli avevano senza dubbio spianato la strada, ma era stato grazie alla sua spudorata scaltrezza che quel capitale si era centuplicato.

Adesso però il peso di vent'anni di assilli, impiegati nel continuo sforzo di accumulare sempre più denaro, i sospetti sulle sue dubbie conoscenze, i nuovi licenziamenti che aveva recentemente approvato e il conseguente sciopero organizzato dal sindacato dei dipendenti della Ditta Carlini... tutto contribuiva a tenerlo in perenne stato di tensione, come un equilibrista sulla corda.

Senza parlare poi della sua situazione familiare.

Ebbene sì, era veramente pentito del suo matrimonio.

Che diritto aveva avuto, Loretta, di lamentarsi tanto? Era vissuta nella bambagia e nel lusso, per merito suo. Cameriera, autista, governanti e scuole private per i bambini. E lei coperta di vestiti firmati e gioielli costosi.

Fin troppo di frequente l'aveva condotta a noiosissime serate mondane, così da mettersi in mostra a beneficio di squallidi giornaletti di provincia.

E tutto questo per cosa?

Doveva sopportare che lei lo trattasse in quel modo?

Sarebbe stato proprio il colmo se le avesse permesso di impedirgli di frequentare Gloria. Non riusciva davvero a capire che disturbo poteva darle quella povera ragazza. In fondo, era solo una relazione insignificante, che a lui serviva unicamente come valvola di sicurezza. Puro sfogo di ordine sessuale.

Poco importava perciò se doveva pagarle l'appartamentino, la macchina e qualche altro piccolo capriccio.

Tra l'altro, Loretta l'aveva sempre saputo, di Gloria.

Guarda caso, aveva cominciato a importarle solo dopo l'uscita di quello stupido e insinuante articolo. Il giornalista che l'aveva scritto ormai aveva cambiato mestiere e pure città. Ci aveva pensato lui a farlo licenziare in tronco. Erano bastate un paio di telefonate.

– Scegli – gli aveva intimato Loretta poco più di un mese prima. – O quella sparisce immediatamente dalla circolazione, o me ne vado da questa casa per sempre!

Naturalmente non aveva dovuto pensarci a lungo, prima di cacciare fuori lei e pure in malo modo.

Anche se, conoscendola bene, sapeva che Loretta avrebbe cercato di succhiargli il denaro esattamente come un vampiro il sangue delle sue vittime.

Il rumore si ripeté, uno scricchiolio.

Sicuramente, in una villa di così ampie dimensioni, quelli erano rumori assolutamente normali. La verità era che, nello stato di agitazione in cui si trovava, ingigantiva ciò che udiva.

Rimase in ascolto con le orecchie tese, quasi senza respirare.

Loretta non avrebbe scelto quell'orario, anche se avesse deciso di tornare a casa. Tra l'altro, era già passata quello stesso pomeriggio, a prelevare un altro carico di roba di lusso.

A meno che... la cameriera non avesse lasciato aperta o socchiusa qualche finestra, prima di andarsene, e questa non sbattesse un poco per la brezza notturna.

Però, in tal caso, l'allarme sarebbe scattato.

Dal piano di sotto ora i rumori erano lievi ma continui. Gli davano l'impressione di passi leggeri sul pavimento di legno, come di qualcuno che camminasse in punta di piedi. Se qualcuno si era introdotto nella sua proprietà, come mai i cani non avevano abbaiato? Per che cosa li aveva comperati, sennò, quei due dobermann, che neppure gli stavano simpatici? Con cautela, scostò le coperte, si mise seduto sul bordo del letto, aprì lentamente il cassetto del comodino. Trovò la piccola torcia elettrica, che teneva nel caso mancasse la corrente, e frugò più in fondo. Il contatto con il freddo calcio di madreperla della minuscola automatica lo fece sentire meno nervoso. Per fortuna la calibro 22 stava ancora dove l'aveva messa quando erano venuti ad abitare nella villa.

Si alzò, a piedi scalzi arrivò fino alla porta aperta della camera da letto. Diede un'occhiata oltre lo stipite, senza accendere la torcia.

Per un attimo, appoggiato alla porta con l'automatica in una mano e la torcia elettrica nell'altra, si sentì come un poliziotto da telefilm.

I suoi occhi si erano abituati al buio. Un debole chiarore filtrava inoltre dal piano terra. Distingueva sfocatamente i neri contorni dei mobili, avanzando accorto nel corridoio, mantre spostava la sua grossa mole un passo dietro l'altro sul gelido marmo del pavimento.

Perlomeno, il fatto che Loretta avesse preteso quel tipo di pavimentazione ora si rivelava utile per non far rumore.

Percorse ancora un metro o due, l'indice sul grilletto della pistola rivolta verso l'alto. *L'agente Starsky in missione.*

"Beh, veramente" si disse "più che a quell'attore, somiglio ormai a quello un po' più grosso, che interpretava l'investigatore privato... Come si chiamava?... Cannon?"

Altri rumori dal piano inferiore. Gli si rizzarono i capelli sulla nuca. Era ormai certo che qualcuno vagasse nel buio, giù dalla scala.

I passi si fermavano, a intervalli di alcuni secondi, poi riprendevano con estrema lentezza, come se l'intruso stesse bene attento a non urtare qualcosa.

Si trattava sicuramente di un ladro. Non si era mai trovato in una situazione così potenzialmente pericolosa.

Cercò di fare lunghi e profondi respiri e di controllare così il battito del cuore. La mano destra, nella quale stringeva spasmodicamente la piccola pistola, era diventata a un tratto appiccicosa di sudore.

Gli venne l'impulso di premere l'interruttore delle luci alla sua sinistra. Avrebbe illuminato sia il corridoio, dove si trovava, che lo scalone e l'ampia sala d'ingresso. Ma, un attimo prima di farlo, si fermò. Sarebbe stato meglio sfruttare l'elemento sorpresa, piombando addosso al ladro senza che quello se ne accorgesse. Mosse perciò un passo sul primo scalino, poi sul secondo, la gamba destra ben vicina alla ringhiera di ferro battuto.

Quello che successe subito dopo lo visse come al rallentatore. Poggiò male la punta del piede, scivolò sul bordo dello scalino e perse l'equilibrio. Nella caduta urtò il braccio destro e l'arma gli sfuggì di mano. Proseguì il volo giù per la scala, incontrando un ostacolo della compattezza di un corpo umano. Poi continuò a ruzzolare, fino a ritrovarsi steso sul tappeto dell'atrio, in un groviglio di braccia e gambe.

Perse anche la torcia e iniziò una lotta con lo sconosciuto. I due rotolarono ansimanti sul pavimento, cercando di immobilizzarsi a vicenda. Nocche dure lo colpirono alla mascella. Lottando contro lo stordimento, afferrò i polsi dello sconosciuto e lo rovesciò sotto di lui. Gli si buttò sopra con tutto il peso, colpendolo sul viso, a casaccio. Vide i contorni di un oggetto poco distante. Lo afferrò, sperando che si trattasse della pistola. Era la torcia elettrica. Col braccio sul collo della persona che continuava a dibattersi, l'accese e gliela puntò sul viso. L'altro strinse gli occhi e imprecò.

Gli premette un ginocchio sullo stomaco e, stringendogli il collo con la sinistra, intimò: – Stai fermo, capito? Guarda che ti ammazzo! – Ben recitato, in perfetto stile poliziesco. Solo il tono di voce leggermente acuto tradiva un poco l'emozione. E non si poteva dire che l'elemento sorpresa non avesse funzionato.

Il tipo steso sotto di lui era decisamente in condizione d'inferiorità. Si trattava di un uomo smilzo, di una cinquantina d'anni. Il centinaio e passa di chili che lo sovrastavano e le dita serrate sulla gola non lo facevano quasi respirare.

– Ma tu, tu... – disse Carlini, allentando piano la stretta. – Ferrari, ma sì... tu sei Ferrari! – E guardò meglio la faccia del prigioniero, convincendosi della sua scoperta. – Grandissimo figlio di puttana, cosa ci fai in casa mia? – Lo lasciò e si rialzò ansimante cercando l'interruttore.

La luce elettrica inondò l'atrio, riversandosi su mobili antichi e tappeto pregiato. L'uomo in pigiama si massaggiò il mento torreggiando sul mingherlino in completo nero, che cercava faticosamente di mettersi seduto. Perplesso, il grassone cercò l'automatica dal calcio perlaceo, la raccolse da terra, tenendola poi languidamente nella destra.

– Ma non mi riconosci? Guardami bene, sono Carlini!

Il tipo seduto sul tappeto alzò la testa e lo scrutò.

– Ti ricordi? Siamo stati compagni di corso all'università. Perlomeno in quel paio d'anni che ho frequentato...

L'intruso aveva una faccia lunga e scavata, capelli quasi del tutto grigi. Aggrottando le sopracciglia, intontito, disse – Carlini... ma certo. Mi ricordo.

– Razza di disgraziato! Ti sei messo a rubare nelle case, adesso?

L'ometto si rialzò di scatto, come se nulla fosse successo. Bofonchiò qualcosa di incomprensibile e contemporaneamente si diede delle manate sui pantaloni, per ripulirsi.

– Non capisco proprio. Come hai fatto a ridurti così? A scuola te la cavavi benone.

– Cosa vuoi... – fece l'altro, con imbarazzo. – Nella vita l'intelligenza non basta... ci vuole anche una buona dose di fortuna.

– Tutti quei bei voti non ti hanno aiutato, eh?

– Pare proprio di no.

- Ma si può sapere perché sei venuto a rubare proprio qui, stanotte? – La voce di Carlini era tagliente, il tono quello di chi si sente superiore. – Non sapevi che ci abitavo io?

– È una bella villa, questa... – disse Ferrari, esitante. – Ai ladri non interessa chi ci abita.

– E i cani? Che fine hanno fatto?

– Dormono – rispose l'ometto allargando le braccia. – È bastato rifilargli un po' di sonnifero nella sbobba.

Carlini proruppe in una sonora risata. La tensione nervosa finora accumulata lo stava abbandonando.

– E li chiamano i cani da difesa più pericolosi – commentò. – Domani li do via. – Aprì e chiuse la bocca un paio di volte. – Ma lo sai che picchi duro, nonostante tu sia così mingherlino? Come diavolo hai fatto col sistema d'allarme?

– Quale sistema d'allarme?

– Non penserai mica che una casa come questa non abbia un sistema di sicurezza?

– Non ne so nulla.

– Vuoi dire che non ha funzionato?

– Forse non è stato attivato. Io ho solo forzato una finestra.

Carlini scosse la testa. – Figurati se non l'ho attivato. Beh... perlomeno credo. Era una cosa che faceva sempre mia moglie. – Fece un gesto con la mano che teneva la 22, come per scacciare un insetto. – Non importa, mi sentiranno lo stesso, quelli... Un mucchio di soldi per i sistemi d'allarme e poi non funzionano. Vieni, ti offro qualcosa da bere, visto che stasera ti è andata male.

Ferrari aveva un'espressione di stupore in volto.

– Come sarebbe, non chiami la polizia?

Il ciccione mandò un'altra risata, rauca. – Ma no, dai... Per chi mi hai preso? Stai tranquillo, non chiamo proprio nessuno. In fondo eravamo amici, no?

Precedette Ferrari in un ampio soggiorno, oltre una porta a vetri dalle ante spalancate. Premette l'interruttore e una decina fra lampade e appliques si accesero un po' ovunque. La stanza era piena di tavolini di varie misure, di poltrone e divani dalle tappezzerie damascate. Il caminetto enorme era sormontato da uno specchio in una cornice dorata, e sulle altre pareti, leggermente inclinati e retti da catenelle, stavano diversi quadri dalle misure gigantesche e dai colori cupi.

L'uomo in pigiama si diresse verso un mobile bar fornitissimo, appoggiò torcia e pistola e si diede da fare con bottiglie e bicchieri. Lo smilzo era entrato dopo qualche secondo, quasi titubante.

– Avanti, dai, siediti. Fai come se fossi a casa tua. In fin dei conti, non hai mica chiesto il permesso, per entrare! – Carlini se la rise di nuovo. Trovava quella situazione estremamente comica.

– Non eravamo dei veri amiconi – disse Ferrari, guardandosi intorno.

– Ti riferisci a quella storia di Loretta? – Prese del ghiaccio da un piccolo frigorifero e ne staccò i cubetti dal contenitore. – Ricordo che ci morivi dietro, come tanti altri, d'altronde. Vedi come va la vita... Adesso mi pento di non avertela lasciata. Chissà quanti guai e soldi mi sarei risparmiato. – Poi sembrò pensarci un po' su. – Ma come avresti fatto a mantenerla, tu, una donna così? Brandy, cognac, che cosa vuoi da bere?

– Qualsiasi cosa va bene, grazie.

Ferrari sedette su uno degli accoglienti divani, vicino al bracciolo.

L'altro arrivò con i bicchieri riempiti per più della metà di un liquido ambrato.

– Saresti dovuto andare a rubare anche durante le feste di Natale! Anzi, ora che ci penso, forse lo fai già. Dovrebbe essere il periodo migliore, quello... – Posò i bicchieri sul tavolino fra di loro. – Dimmi, allora. Che cosa hai fatto per tutti questi anni?

Ferrari prese il bicchiere e bevve un sorso.

– All'inizio mi assunsero in uno studio – disse lentamente. – Da un architetto. Ma non mi andava a genio, né il lavoro, né lui. Perciò feci diverse altre cose, le più disparate. – Esitò, bevve ancora. – Alcuni di questi... chiamiamoli tentativi, non andarono per il verso giusto, e così cominciai a indebitarmi.

– Allora iniziasti a rubare.

– Già... è così che è iniziato. Con degli amici. Persone che avevo conosciuto durante quei periodi sfortunati.

– E come andò?

Lo smilzo alzò le spalle.

– Forza, non fare il timido – disse Carlini. – Sono curioso.

– Niente. Prima furono delle cosette di poco conto, colpetti facili. E poi...

– Ti beccarono?

– Purtroppo sì. Ma, uscito di prigione, mi feci più furbo e vennero i lavori più impegnativi.

– E dimmi... rende questo lavoro? – chiese Carlini, ironico.

Ferrari non sembrò notare la sfumatura. – Alti e bassi – disse, con serietà. – Come in ogni altro tipo di affare.

Bevvero in silenzio per qualche secondo.

– Tu invece – proseguì l'ometto, guardandosi intorno – hai avuto fortuna a quanto vedo.

– Certo, devo dire che ne ho avuta. Unita però a perseveranza, abilità e cocciutaggine.

Ferrari fece una piega amara su un lato della bocca.

Carlini credeva di sapere benissimo a cosa l'altro stava pensando. Sicuramente al fatto che una famiglia ricca alle spalle aiuta, eccome se aiuta...

Prese un portasigarette d'oro dal tavolino e offrì all'ometto, che rifiutò con un gesto della mano.

Mentre accendeva, il grassone disse: – Io ti potrei aiutare, sai?

Ferrari esitò. – Davvero? E come?

– Certo. Aiutarti a fare un'onesta carriera, collocarti in qualche posto di fiducia. – Soffiò il fumo verso la testa incanutita dell'altro uomo. – Nella mia azienda.

– Un lavoro onesto? Perché lo faresti?

– Oh, cavolo... In memoria dei vecchi tempi, ad esempio. Sei un amico, mi sembri in difficoltà... e a quanto ricordo, le capacità non ti mancavano.

– Io non sono in difficoltà – rispose Ferrari, con tono fermo. Aveva in volto un'espressione risentita.

– Sì, naturalmente... – Carlini gesticolò con la destra, come per dar ragione a un pazzo.

– Davvero. Non ho nessun problema, attualmente.

– Adesso devi dire così per forza, è naturale, ma...

– Ma, cosa?

– Beh, tu dovresti, lasciatelo dire... cambiare mestiere. – Carlini rise. Una risata aspra, gonfia di arroganza. – Lasciare questa... pseudoattività per un'altra più sicura, più redditizia anche. Ascoltami, è un consiglio da amico. Fammici pensare e ti trovo il posto adatto. Peccato che non ci siamo mai visti, in questi anni.

– Già, peccato.

– Eh, proprio così. Non dovresti più fare il ladro d'appartamenti. Alla tua età, poi...

Ferrari posò il bicchiere, vuoto, sul tavolinetto. Disse: – Vedi, si dà il caso però che io non abbia veramente bisogno del tuo aiuto. È già da un po' di tempo che ho cambiato mestiere.

Carlini si fermò, con il bicchiere a mezz'aria. – Come sarebbe?

– Vuoi sapere perché non è scattato l'allarme? Semplice, avevo il codice di sblocco.

– Il codice? E chi...

– In realtà, questa deve solo *sembrare* un'intrusione a scopo di furto.

Lo smilzo infilò la mano destra all'interno della giacca. Ne estrasse un grossa pistola nera e la puntò contro il faccione dalla bocca spalancata di Carlini. Esattamente fra gli occhi che lo fissavano con espressione esterrefatta.

– In effetti, ora faccio il killer – disse. – Tanti saluti dalla signora.

Ferro battuto

di Stefano Tiberia

Rocco è un fabbro e batte il ferro da quando aveva 12 anni; migliaia di martellate e di ferro lavorato.

Scalda, batti, raffredda, scalda, batti, raffredda, scalda, batti, raffredda...

I suoi pensieri scorrono, tra queste azioni, netti e precisi, nessuna ipotesi, solo azione, come nei gesti così nel pensiero.

Rocco è grosso: un metro e novanta per quasi cento chili di muscoli necessari per il suo lavoro ma solo per quello, non ha mai fatto del male a nessuno, non ha mai litigato con nessuno, ha picchiato solo contro il ferro.

Certo una sua manata smonterebbe un armadio ma esistono delle leggi naturali che a volte interessano anche gli uomini, alcuni uomini, dove la forza è inversamente proporzionale alla stronzaggine.

Ad esempio: i bovini, a causa della conformazione del loro occhio, ci vedono molto più grandi di quelli che siamo in realtà e non ci calpestano, così Rocco riesce a vedere le buone intenzioni in tutte le persone che incontra e non le smonta con una manata.

Rocco è nato e cresciuto nel quartiere dove batte il ferro, all'estrema periferia est di Roma e il quartiere costituisce la sua fonte di guadagno; nato abusivamente negli anni '80 è stato una fonte di cancelli, inferriate, porte, recinti, etc. etc. quasi inesauribile che ancora oggi gli permette di mangiare senza problemi, di vivere del proprio lavoro che è stato il lavoro del padre e del nonno.

Tre generazioni di fabbri a battere sulla stessa incudine, se non è nobiltà questa...

Rocco è sposato con Laura, la barista dell'unico bar che c'è nel tragitto tra l'officina e il rivenditore del ferro: quindi il loro destino era scritto nelle stelle, anzi nelle scintille.

Ovviamente Rocco ha impiegato più di un anno di "caffè e cornetto" prima di rivolgerle la parola per chiederle di andare allo stadio insieme a vedere la Roma, grazie a una maglietta giallorossa che si intravedeva sotto la camicia da lavoro di Laura, in una mattina di aprile.

Panino con la salsiccia, birra ghiacciata e due goal di Pruzzo hanno testimoniato e certificato l'inizio della loro vita in comune, del loro amore; del resto "la Roma non si discute, si ama".

Da quel giorno ci sono state tante partite viste insieme e tante parole dette insieme; con Laura, Rocco è incredibilmente prolisso e riesce a parlare anche di quelle cose sepolte sotto infinite martellate, di quei pensieri fatti e mai raccontati perché non immagini di avere le parole giuste per raccontarle finché non incontri la Laura giusta. Rocco sa di essere fortunato e questa consapevolezza lo rende addirittura quasi felice.

Il frutto di tutte le parole dette e, soprattutto, di tutte le notti passate nello stesso letto si chiama Anna.

Anna è nata tutta rossa e incazzata come un furetto, le urla si sentivano anche attraverso la culla termica utilizzata per portarla al nido dalla sala parto, ma quando si è avvicinato il padre lei le ha piantato gli occhi negli occhi e non ha pianto più.

Rocco ha appoggiato la sua mano da fabbro sulla culla oscurandola quasi completamente e, secondo i presenti, Anna ha sorriso e si è addormentata.

Da quel giorno è andata sempre così: bastava che Rocco facesse sentire il peso della sua mano per rassicurare la figlia.

Crescendo, il peso della mano è stato sostituito dallo sguardo, ma l'effetto su Anna è sempre lo stesso, come se quel fabbro di quasi cento chili costituisse la sua ancora di salvataggio, il suo posto sicuro dove non le poteva accadere nulla e nulla era pericoloso, dove anche le malattie di stagione venivano sconfitte.

Meglio della tachipirina, come diceva la madre.

– Era cambiata sa signor commissario, sempre nervosa, irrequieta, aveva quasi smesso di mangiare, usciva tutte le sere e soprattutto non mi guardava negli occhi per più di un attimo, e sa signor commissario, lei nei miei occhi c'è cresciuta, quindi non andava bene, no non andava bene per niente.

E allora che avrebbe fatto lei signor commissario? Lei ha dei figli? Non mi riguarda lo so e allora le racconto quello che ho fatto io.

Una sera l'ho seguita di nascosto fino alla piazza davanti al bar, arrivata lì è salita in macchina con un ragazzo e sono partiti a tutta velocità. Ho continuato a seguirli fino al casello dell'autostrada direzione Roma ma poi li ho persi, andavano troppo veloci per la mia macchina. Il giorno dopo sono andato al bar in piazza a chiedere informazioni e ho capito tutto.

Sa signor commissario la vita può finire anche solo dopo aver ascoltato una parola, una singola parola che non avresti mai voluto ascoltare e il bello è che tu non lo sapevi neanche che esiste una singola parola in grado di ucciderti.

La mia è stata "spaccio", non c'è niente di più vigliacco di chi vive grazie alla lenta morte di altri cercando di ottenere il massimo guadagno; omicidi che durano anni fatti da assassini che uccidono per anni sempre le stesse persone.

No, signor commissario, mia figlia non poteva vivere una vita del genere e allora lo sono andato a prendere a quell'assassino, sono entrato in casa sua mentre dormiva, l'ho preso facilmente e l'ho portato in officina.

Una martellata, una sola, precisa potente e definitiva, senza dire una parola.

La vendetta non è fatta di parole è fatta di atti definitivi.

E poi l'ho messo nella fornace, se andate in officina ne troverete le ceneri.

No, non sono pentito, ieri mia figlia mi ha di nuovo guardato negli occhi, lei ha capito tutto, e mi ha detto: "E ora quali saranno le conseguenze?".

E quindi sono venuto da lei a confessarmi perché gli atti della vendetta portano delle conseguenze e io ho sempre pagato per le mie conseguenze, martellata dopo martellata.

Dove devo firmare? Ah qui... grazie.

Anna è una fioraia e lavora nel suo quartiere, il negozio prima era l'officina del padre che faceva il fabbro e ora è pieno di fiori di tutti i colori.

Anna è bella e affascinante, tutti i suoi clienti sono un po' innamorati di lei, le chiedono consigli su quali fiori comprare in base alla ricorrenza, le ordinano decori per la chiesa, le chiedono di uscire insieme. Anna sorride a tutti e ringrazia sempre, l'educazione è fatta di una serie di atti gentili ma non esce con nessuno da tanto tempo ormai e non ne sente la mancanza. Oggi Anna chiuderà il negozio un po' prima e passerà alla pasticceria a prendere il solito vassoio piccolo di mignon al cioccolato: oggi è giovedì, il giorno dei colloqui con i famigliari nel carcere di Rebibbia.

Sangue chiama denaro

di Luca Giovanni Caneva

I John John Brothers arrivano a Miami per una serie di concerti che sono tutti sold out. La loro fama non conosce crisi, da due decenni sono il gruppo punk rock più conosciuto al mondo e la loro vita privata viene vivisezionata dai media a causa dei loro eccessi e provocazioni in perfetto stile sex drugs & rock 'n roll. Paradossalmente, nonostante il nome della band possa farlo supporre, non sono affatto fratelli. John Palmer, John Dawson, Rick Brothers hanno soltanto giocato con i loro nomi per costruire quel marchio di successo che continua a spremere milioni di dollari allo show business; ma in tutte le favole c'è sempre un rovescio della medaglia.

Gli enormi guadagni sono stati lentamente prosciugati da uno stile di vita estremamente oneroso, fatto di dosi massicce di droga, alcool, prostitute, auto, camere di albergo sfasciate, jet privati usati impropriamente e investimenti rivelatisi fallimentari; insomma, la band continua a girare il mondo per concerti e fare dischi per rimpinguare conti costantemente in rosso. Inoltre, la loro poca oculatezza ha fatto sì che spesso si siano affidati a manager privi di scrupoli, che nei contratti spillavano cachet spropositati. La macchina da soldi veniva spremuta a dovere anche da loschi figuri che gravitavano attorno alla band con non si sa bene quali incarichi.

I musicisti sono a pranzo in un esclusivo ristorante nel quartiere art déco della città quando, a un tratto, un ragazzo poco più che ventenne all'apparenza timido e impacciato, con la scusa di farsi firmare un autografo dalla band, viene lasciato passare dalla sicurezza del locale e si avvicina al loro tavolo accompagnato da un componente dello staff.

Non fanno neppure in tempo a salutarlo, che dal giubbotto estrae una pistola automatica con cui fredda all'istante l'uomo che lo conduceva alla band e i due bodyguard che sedevano ai lati estremi del tavolo. I presenti nel locale sono attoniti, c'è chi si nasconde sotto ai tavoli e chi scappa nelle toilette o nel retro, si sentono urla di terrore e pianti sommessi, un malore coglie un signore anziano che si accascia sul pavimento.

I membri dei John John Brothers rimangono seduti non troppo spaventati, probabilmente le droghe che hanno assunto in mattinata per rianimarsi dopo l'ennesima notte di stravizi li rendono anestetizzati anche alla paura, ma il ragazzo sembra non volerli uccidere, solo utilizzarli come scudo per uscire dal ristorante senza rischiare di essere colpito dagli agenti di polizia che sono accorsi in massa fuori dal locale, dove hanno transennato la zona e impedito a chiunque di avvicinarsi. Una serie di cecchini è stata posizionata per colpire il bersaglio quando possibile, e una task-force di mediatori e psicologi si sta dirigendo sul posto, seguita da un piccolo esercito di giornalisti, fotografi e cineoperatori delle più importanti reti televisive pronti a carpire ogni attimo del drammatico evento.

Una foto scattata al ragazzo da un roadie mentre veniva fatto entrare nel locale ne ha permesso la rapida identificazione. Si tratta di un ventenne afroamericano, Elliott Jackson, piccolo spacciatore di droga noto alla polizia, figlio di Robin Jackson ucciso giusto una settimana prima nel corso di un conflitto a fuoco con gli agenti nel tentativo di fuggire da un posto di blocco. Probabilmente l'uomo deteneva stupefacenti ma chi lo ha ucciso crivellandolo di proiettili aveva supposto avesse una pistola, che non è stata poi ritrovata nella vettura finita in un fossato.

Il ragazzo, con fare deciso, intima ai musicisti di alzarsi dal tavolo e di dirigersi alla porta del locale, dove lega le mani a tutti e tre con lunghe fascette da elettricista, in modo che rimangano attaccati tra di loro. A questo punto chiede di parlare con un giornalista della ABC che viene scortato fino all'ingresso da un agente che poi si allontana. Chiede di diffondere questo messaggio: "Mio padre è stato ucciso a sangue freddo da due poliziotti neppure una settimana fa, senza alcun motivo, quindi o mi portate qui i due agenti, oppure ogni ora che passa faccio saltare la testa a turno ai John John Brothers".

I minuti trascorrono concitati con numerosi appelli alla calma e ad arrendersi, con la promessa del capo della polizia che in questo caso potrebbe beneficiare di sconti di pena.

La richiesta da parte di un mediatore e di uno psicologo di parlare con il ragazzo viene rifiutata immediatamente e adesso il panico comincia a serpeggiare anche tra i musicisti in ostaggio nel ristorante, che capiscono che il loro sequestratore non è uno sprovveduto e non ha nessuna intenzione di arrendersi.

Lo scadere della prima ora si sta avvicinando e le forze dell'ordine stanno organizzando un'entrata delle teste di cuoio dal retro dell'edificio, che colga di sorpresa il ragazzo e permetta agli agenti, posizionati vicino all'ingresso principale, di portare poi in salvo i tre ostaggi.

Sono le 15:58 e senza nessun preavviso un colpo di arma da fuoco si sente rimbombare dall'interno del ristorante... La prima testa, come promesso, è saltata, e si tratta del batterista Rick Brothers il cui cervello è schizzato sulle spalle dei compagni, peraltro notevolmente imbrattati dal suo sangue che tuttora sgorga copiosamente dal cranio fracassato. Dawson e Palmer sono ancora legati saldamente al loro collega morto, quindi sono costretti a sostenerne il peso, in preda a un terrore folle, mentre Elliott ritorna a sedere al tavolo dopo aver compiuto la prima esecuzione.

Fuori dal locale la tensione è altissima, la gestione dell'emergenza da parte dei vertici di polizia pare sia fallimentare così come testimoniano anche le tv via cavo collegate da tutto il mondo che riprendono e riportano ogni accadimento a un pubblico enorme, considerando che i John John Brothers hanno fans in ogni parte del globo. Finalmente i mediatori comunicano al ragazzo che porteranno i due agenti nel locale, come da lui richiesto espressamente fin dal principio, ma a condizione che al loro ingresso sia contestualmente garantita la possibilità di liberare i musicisti ancora all'interno. Elliott sembra soddisfatto, probabilmente ha ottenuto ciò che desiderava e da quel momento sembra rilassarsi e sciogliere la tensione, al punto da chiedere ai suoi ostaggi se desiderano dell'acqua o se hanno bisogno di altro.

Le operazioni dei corpi di assalto speciale cominciate in precedenza dal retro dell'edificio nel frattempo sono andate avanti, ci sono uomini nei condotti di aerazione che sovrastano il ristorante, nelle toilette della struttura e nelle cucine rimaste abbandonate dal personale fuggito durante i concitati istanti dell'assalto da parte del ragazzo.

All'esterno dell'edificio la polizia avverte con il megafono che gli agenti richiesti da Elliott sono pronti a entrare e, come pattuito, questo avverrà insieme alla liberazione degli ostaggi, attesi da personale medico e di supporto psicologico. Appena Elliott si avvicina alle porte a vetri del ristorante per controllare che tutto proceda come da accordi, dentro alla struttura si scatena l'inferno.

Le teste di cuoio che si erano ormai insinuate nel locale con i tiratori scelti hanno colpito il ragazzo a entrambe le gambe, e lanciato bombe stordenti e lacrimogeni che hanno simultaneamente permesso alle forze di polizia all'esterno di fare irruzione, traendo in salvo i due musicisti e rendendo inoffensivo il sequestratore, poi anche soccorso dal personale paramedico.

La vicenda di Miami ha rappresentato una sciagura immensa per i John John Brothers ma allo stesso tempo anche un volano pubblicitario incredibile; tutte le fasi dell'accaduto sono state riprese dalle telecamere e sono rimbalzate in ogni angolo del mondo e neppure lo spot alla finale del Superbowl per ogni anno a venire avrebbe fatto di meglio per le disastrate casse della band.

Denaro chiama denaro e mai ne era piovuto così tanto in così breve tempo, al punto che il management dei John John Brothers, per continuare a navigare nei dollari, aveva trovato l'ultimo scoop da vendere senza ritegno alcuno. Elliott Jackson, il giovane sequestratore, che si trovava in un carcere di massima sicurezza, aveva ricevuto l'offerta anonima di un ricchissimo fan dei John John Brothers, pronto a pagare una cauzione milionaria e uno staff di avvocati di prim'ordine, per farlo uscire dal carcere in attesa del processo in cambio di un qualcosa di incredibile. Doveva sostituire il defunto Rick Brothers per una tournée americana preannunciata già sold out, questo anche in seguito alla scoperta dei media che Elliott anni prima aveva suonato la batteria in un gruppo rap metal di scarso successo.

Lo scandalo provocato dalla notizia non fu sufficiente ad arginare l'interesse per una perfetta operazione di marketing, in cui tutti avevano da guadagnarci e, come spesso accade, gli stessi che davano il gruppo per finito adesso lo ergevano a baluardo dei valori sociali: la storia del ragazzo privato del padre e a cui viene data una seconda chance rappresentava il sogno americano a cui nessuno dovrebbe rinunciare, e l'epitaffio per quel già esiguo numero di persone che credono nella giustizia uguale per tutti.

Inutile dire che la tournée fu un successo sconvolgente: a Elliott fu sufficiente un mese di apprendistato per inserirsi nei meccanismi della band, anche con qualche piccolo aiuto tecnologico e talvolta di playback. Ciò nonostante, poche settimane dopo l'ultimo concerto venne celebrato il processo, nel quale fu condannato a soli cinque anni di detenzione che, con sconti di pena e attenuanti per la vicenda del padre ucciso, si ridurranno ulteriormente. Lo staff di avvocati si è lavorato la corte come meglio non avrebbe potuto, e l'opinione pubblica, che spesso orienta le sorti dei processi, era massicciamente schierata in favore di Elliott.

L'America è un paese meraviglioso, dove i media possono venderti verità distorte e preconfezionate, facendoti sentire parte di una favola, ogni tanto interrotta da una scarica di consigli per gli acquisti.

COMPRA, SII FELICE, NON FARTI DOMANDE.

L'intruso nei campi

di Francesco Audino

Marcello si svegliò tranquillo, come ogni mattina, al cantare dei galli sul sottofondo di qualche macchina che già percorreva la statale, poco oltre. Scese dal letto e andò a fare colazione strizzando gli occhi al sole che entrava dalle finestre. Solo quando il suo sguardo si perse tra i campi, mentre pensava al lavoro che gli sarebbe toccato quel giorno, Marcello ricordò qualcosa.

Per un attimo credette che fosse stato un incubo e cercò di scacciarlo mentre ascoltava il ronzio della macchinetta del caffè. Più ci pensava, però, più gli sembrava che fosse stato reale. Si alzò e si accostò alla finestra, col bicchierino di plastica in mano, e guardò fuori, oltre l'orto, dove crescevano alti sterpi in quella che era sempre parte del suo terreno ma di cui si occupava di rado perché lo tenevano già abbastanza occupato le porzioni di campo coltivate, e non aveva intenzione di prendere altri aiutanti oltre ai due ragazzi che quel giorno, essendo domenica, non sarebbero venuti.

Rimase a fissare la sterpaglia, che la sera prima era solo una macchia nera. Cresceva lontano dalla strada e dai suoi lampioni, che rappresentavano l'unica fonte d'illuminazione nelle notti con la luna coperta. Aveva sentito dei suoni, prima di andare a dormire, ed era uscito sulla veranda.

– Chi è là? – aveva chiesto a gran voce, con la speranza di spaventare chiunque si muovesse nel suo campo. Pensò di essersi immaginato tutto e invece aveva proprio visto l'erba muoversi, anche nel buio; aveva sentito il fruscio e aveva pensato che fosse meglio prendere quel fucile da caccia che non aveva mai usato.

Sarà un cane, si disse, o forse degli uccelli. Ma la notte era terribilmente buia e quando tornò in veranda col fucile in mano capì che non poteva essersi sbagliato, perché sentiva di nuovo dei rumori e provenivano proprio da lì davanti, in mezzo all'oscurità. Aveva gridato di nuovo e aveva minacciato di sparare. Se fosse stato un uomo, sarebbe scappato, pensava Marcello, e visto che i fruscii gli parvero continuare, evidentemente non era un uomo e, forse più spaventato del dovuto, tirò il grilletto.

Se non c'era riuscita la sua voce rauca, il boato del vecchio fucile doveva aver spaventato qualunque bestia ci fosse tra le sterpaglie, perché a Marcello parve di non vedere più movimento e se ne andò a dormire dopo aver bevuto un altro bicchiere.

Il fucile era ancora appoggiato vicino alla porta d'ingresso, perciò non poteva essere stato un sogno. Si mise il cappello e uscì nella luce del sole. Attraversò i campi e s'inoltrò nelle sterpaglie, irte di spine e moscerini, convinto che presto si sarebbe tolto quella stramba nottata dalla testa, e invece gli parve di vedere del sangue rinsecchito tra le erbacce.

Si spaventò: possibile che da così lontano, e senza vedere a uno sputo di distanza, avesse preso un animale col fucile? Marcello era un uomo burbero e un po' iroso ma appena pensò a quella possibilità si sentì in colpa e sperò di sbagliarsi. E in qualche modo si sbagliava, perché non trovò cani, piccioni o lepri tra i cespugli. Tuttavia vide un uomo, steso a pancia ingiù, con la faccia nascosta tra gli sterpi ma l'uniforme non lasciava dubbi. Era un poliziotto.

Marcello restò a guardarlo per dieci minuti. Poi una macchina sfrecciò sulla statale, che da lì distava appena una decina di metri, e lo fece sobbalzare. Con le mani tremanti e appiccicaticce di sudore si abbassò a girare il poliziotto finché lo vide in faccia. Aveva gli occhi aperti in un'espressione di terrore, e tanto di cappello e distintivo. Sembrava giovane, sulla trentina e aveva corti ciuffi castani che spuntavano dall'orlo del berretto. Marcello inorridì: avrebbe potuto essere suo figlio.

Accertatosi che non respirava e che il sangue era il suo, lo trascinò via dagli sterpi e lo adagiò all'ombra nel fienile. Controllò i documenti e scoprì che si chiamava Valerio Toscani. Tornò in casa e per prima cosa si asciugò il sudore. Guardò ancora una volta il fucile, per essere sicurissimo che fosse al suo posto e che non avesse davvero sognato tutto. Controllò persino se mancasse il colpo che aveva sparato nel buio.

Mancava.

Prese il telefono e pensò di chiamare la polizia. Ma cosa gli sarebbe accaduto se avesse confessato? Ci pensò su e per un momento si calmò. Non capiva cosa ci facesse un poliziotto nel suo terreno, completamente al buio; perché per esempio non avesse con sé una torcia e, soprattutto, perché non avesse risposto alla sua voce e alla minaccia dello sparo.

La domenica sembrò volar via in un soffio. Marcello non aveva ancora deciso cosa fare e sapeva che attendere troppo avrebbe solo aggravato la sua situazione, se si fosse scoperto il fatto. Durante il pomeriggio gli era parso di sentire delle sirene e aveva temuto che stessero venendo a prenderlo, o perlomeno a indagare. Forse il poliziotto aveva lasciato detto dove andava, forse lo cercavano già nei dintorni. Allora aveva acceso la radio e aveva ascoltato a lungo ma non sentì nessuna notizia relativa all'agente scomparso. Ciò non fece che accrescere la sua ansia.

Si era deciso a fare la chiamata e fuori già imbruniva, quando di nuovo gli parve di udire qualcosa. Si avvicinò alle finestre aperte, terrorizzato dall'idea che potesse esserci qualcuno nel fienile e che avesse trovato il cadavere. Ma i suoni provenivano dalla stessa direzione della notte passata, e stavolta sembravano colpi sordi e concitati.

Andò di nuovo dove aveva ritrovato il poliziotto, facendosi luce con una torcia e col fucile nell'altra mano. I colpi si ripeterono e gli parve di udire, ovattata, una voce che gridava aiuto. Allora lasciò il fucile e cercò per terra, tra le erbacce, finché trovò una vecchia botola di legno chiusa con un chiavistello. I colpi e le grida provenivano dall'interno.

Sgomento per la scoperta di quella botola che non aveva mai visto nel suo terreno, Marcello aprì il chiavistello e vide issarsi fuori, dal buio completo di uno spazio che immaginò essere assai ristretto, un uomo che poteva avere trentacinque anni come cinquanta, calvo e malmesso, con un orecchio piegato in modo strano e con indosso abiti logori.

– Oddio, grazie – disse a Marcello. – Dov'è finito quel bastardo? Ieri sera ho sentito uno sparo.

– C'era un poliziotto – rispose lui, incerto. Fece un passo indietro e riprese il fucile. Lo sconosciuto uscito dalla botola non se ne curò.

– Non è un poliziotto, mi ha fregato i vestiti e mi ha buttato qua dentro. Penso di essere rimasto svenuto per quasi tutto il giorno, ma lo sparo l'ho sentito.

– Come ti chiami? – gli chiese Marcello.

– Valerio – disse senza esitazione.

Marcello si rilassò appena.

Invitò Valerio in casa, tenendolo d'occhio e senza mai lasciare il fucile, e preparò la cena anche per lui. Valerio non parlò molto ma continuò a ringraziarlo e a meravigliarsi di come quel criminale, che aveva seguito a lungo dopo un'indagine per rapina e omicidio, fosse riuscito a imbrogliarlo e a tramortirlo abbastanza a lungo da sottrargli la divisa e nasconderlo in quella botola.

Marcello si preoccupò di come facesse il criminale a sapere della botola e Valerio gli disse che se quella parte del campo non era coltivata, era plausibile che qualche malintenzionato vi si aggirasse, e che il fuggitivo doveva aver scoperto quella semplice quanto utile botola chissà quanto tempo prima.

Una volta riempito lo stomaco, Valerio si tranquillizzò e chiese il permesso di andare a darsi una lavata. Mentre sentiva l'acqua scorrere dal rubinetto del bagno, ancora col fucile sulle ginocchia, Marcello si ricordò della chiamata che aveva rimandato ma pensò che se Valerio era un poliziotto non ce ne sarebbe stato più bisogno. Gli avrebbe proposto di accompagnarlo al fienile così che facesse quello che doveva fare, e sperò che poi gli avrebbe detto che lui non avrebbe passato guai e se ne sarebbe andato.

Invece, uscito dal bagno e ripulitosi, Valerio gli chiese se poteva ospitarlo per la notte, e Marcello, suo malgrado, non poté dire di no. Con quale coraggio avrebbe potuto farlo dopo che quell'uomo aveva passato una giornata svenuto in una cella buia in mezzo agli sterpi? Marcello non dormì tranquillo neanche quella notte. Tenne il fucile vicino al letto e l'orecchio teso ma non sentì nulla se non gli scricchiolii della casa e lo sporadico ululato del vento. Di notte passarono poche macchine e giusto un paio di volte un cane abbaiò da qualche parte oltre la strada.

Senza accorgersene, Marcello si era addormentato. Si svegliò di nuovo al canto dei galli e scoprì che, di sotto, Valerio era già in piedi ma lo aveva aspettato per fare colazione o anche solo per uscire in veranda.

Marcello lo accompagnò al fienile, dove Valerio si riprese la divisa macchiata di sangue. Tornò in casa a cambiarsi e ringraziò ancora una volta Marcello. Gli disse che ci sarebbe stato un po' di viavài e che forse avrebbe dovuto testimoniare sull'accaduto, ma lo rassicurò che non avrebbe passato guai.

Finalmente Marcello poté tirare un sospiro di sollievo. Quando uscì sulla veranda per salutare Valerio lasciò il fucile in casa e gli strinse la mano con un sorriso. Lo guardò andare via e già pensava a quante volte avrebbe raccontato quella storia, di come aveva creduto di aver ucciso un poliziotto.

Si vergognava comunque di aver ucciso un uomo ma si era ormai convinto che si era trattato di un atto giustificato per il modo in cui il criminale si aggirava nella sua proprietà privata.

Era lì a finire la sua colazione quando accese la radio per distrarsi, e udì un comunicato della polizia.

Denunciavano la scomparsa dell'agente Valerio Toscani, impegnato nell'inseguimento di un uomo da considerare pericoloso; il criminale in questione era descritto come caucasico, di anni quarantuno, calvo e con un orecchio piegato. Chiunque avesse visto il sospettato, o il giovane poliziotto scomparso, era pregato di contattare le autorità.

Brividi Fantasy

Ero Pietro

di Luca Giovanni Caneva

Da giorni non pensava ad altro. La sua vita, già estremamente difficile per via di due matrimoni falliti con conseguenti alimenti da versare, relazioni complicate con i figli e periodici problemi di salute, era diventata drammatica con la perdita del lavoro, causa ridimensionamento organico, nella ditta di trasporti dove aveva prestato servizio per vent'anni come camionista.

Quella mazzata aveva tramortito il fragile equilibrio su cui si reggeva l'esistenza di Pietro Cassani, un quarantenne che adesso doveva fare i conti con un mutuo per la casa oneroso e spese di ogni tipo, senza più entrate regolari nel suo conto bancario. Era quindi talmente depresso che il suo costante pensiero era di togliersi la vita e di farlo al più presto possibile, per smettere di soffrire e togliere un peso a chi avrebbe dovuto aiutarlo, in primis i genitori, con cui si vergognava tantissimo per la sua situazione.

Ogni giorno meditava sui sistemi per portare a termine il suo obiettivo, che fosse assumere un veleno, gettarsi sotto un treno o spararsi un colpo, ma in ognuno di questi trovava possibili fallimenti o margini di sopravvivenza che ovviamente voleva evitare.

Possedeva fucili da caccia, nonostante avesse interrotto quell'attività tempo addietro, così si decise a usare uno di quelli per spararsi alla testa, sicuro che un'arma di quel tipo sarebbe stata più efficace di una semplice pistola.

Il mattino seguente, dopo una notte insonne, fu pronto al gesto estremo: tolse l'arma dalla custodia, caricò i proiettili e, appoggiando il proprio mento sulle canne, si preparò a fare fuoco con grande determinazione.

BAAAAMMMM!!!

Una fortissima detonazione scosse le pareti della casa, che si trovava in un luogo leggermente isolato, alla periferia della città, e quindi non richiamò l'attenzione di alcuno.

Il cranio di Pietro fu scaraventato in pezzi di varia grandezza sul soffitto, fino a disegnare con il sangue e con i frammenti di cervello strane forme artistiche che rendevano la stanza un luogo inaspettatamente curioso.

Il suo corpo quasi decapitato si schiantò in avanti sul pavimento, lentamente ricoperto dalle gocce di sangue che scendevano dall'alto.

Il fetore di membra spappolate e di sangue gettato a pioggia in ogni dove si mescolava all'odore di polvere da sparo fino a rendere la stanza decisamente inospitale.

Era finita, Pietro aveva realizzato il suo desiderio di togliersi la vita e il sistema aveva funzionato, ma...

Come destandosi da un sonno profondo e ristoratore, Pietro si accorse di essere ancora nella sua stanza da letto, con la TV accesa e i vestiti puliti indossati la mattina stessa del suo suicidio, senza alcuna macchia di sangue, sia sui vestiti che nella stanza a fianco dove si era sparato. Sullo schermo immagini di fenicotteri e martin pescatori si alternavano in un documentario di National Geographic, mentre il pesce rosso nella boccia era in una insolita posizione, perfettamente verticale con la bocca schiumante in superficie; le tende della camera svolazzavano per il forte vento, essendo aperta la porta-finestra e dalla strada si sentivano voci di un litigio per futili motivi.

Pietro si stropicciò gli occhi convinto che quello che gli sembrava di aver realizzato, cioè la sua morte, evidentemente lo aveva solo immaginato nella notte e comunque decise di farlo appena si fosse alzato.

Raggiunse il ripostiglio dove teneva il fucile e nel caricarlo vide un colpo mancante nella cartucciera, ma forse era sempre mancato e non se ne ricordava bene.

Andò nell'altra camera, si sedette e appoggiando il mento alle canne fece fuoco senza esitazione, con una esplosione di carne e sangue che fece scempio della stanza, mentre il suo corpo scivolò all'indietro con un tonfo sul pavimento.

Forse in un barlume di coscienza, forse era tra la vita e la morte, forse come si racconta in certi film la sua anima stava abbandonando il corpo, di cui sembrava percepire le varie parti in uno stato quasi subliminale, ma con sensazioni molto piacevoli, quando a un tratto...

Fu destato dalle voci di due disgraziati che litigavano in strada per colpa di uno scooter parcheggiato troppo vicino a un'auto, insomma una sciocchezza, ma tale da far rinvenire Pietro, che si trovava sulla sedia davanti al pesce rosso, il quale sembrava farsi beffe di lui assumendo una posa verticale alquanto inusuale. Continuava a pensare di essersi assopito e aver sognato il tutto, vide la porta-finestra aperta e si gettò senza esitazione dal terrazzo, i quattro piani divorati in volo plastico, fino a quasi decapitarsi urtando il terrazzo del primo piano e concludendo con un impatto tremendo sull'asfalto di sotto. Ossa disintegrate, lago di sangue che si spandeva intorno a lui, grida di terrore degli astanti e buone probabilità di avercela fatta, ma...

Il fenicottero inquadrato sembrava osservare il viso assorto di Pietro che, rimasto sul letto, imprecava contro i due disgraziati in strada che proseguivano ad argomentare su cose di scarsa importanza ma facendo un gran chiasso.

Il suo desiderio di passare a miglior vita sembrava più complicato del previsto, così decise di scendere a fare due passi. Abitando in una zona che costeggiava la massicciata della ferrovia, aveva un'altra opzione di suicidio, sempre che ne avesse avuto il coraggio, in fondo si trattava pur sempre di un treno, gli incuteva una certa impressione.

Controllò sul suo smartphone gli orari dei treni in transito nei minuti successivi alla sua uscita, in modo da prepararsi a una eventuale buona riuscita del suo piano. L'Intercity per Milano era segnalato in transito tra pochi minuti, mentre in quel momento Pietro si trovava in una zona di ferrovia lontana da abitazioni e occhi indiscreti, perfetta per realizzare il suo scopo. Per essere certo di una morte istantanea, si sdraiò sui binari qualche attimo prima del passaggio del convoglio, che a tutta velocità gli arrivò sopra facendo brandelli del suo corpo, per una parte macinato dalle ruote e per un'altra spiaccicato sulle rotaie schizzando copiosamente sangue sulla massicciata. Il treno, con grande stridore di freni, si arrestò lentamente. In pochi minuti furono chiamati i soccorsi e un capannello di curiosi si avvicinò al punto di impatto, dove pezzi di un cadavere di probabile sesso maschile giacevano in ordine sparso, procurando sgomento e terrore alle persone accorse.

Pietro, forse nell'aldilà, si crogiolava per aver ottenuto stavolta così facilmente il suo scopo. Avrebbe dovuto pensarci prima, il treno difficilmente lascia scampo. Ma a un tratto un grido lo destò dal suo torpore, dalla strada il diverbio era passato alle mani e i due contendenti se le stavano dando di santa ragione, mentre il documentario alla TV era analizzava le fasi preliminari del corteggiamento tra fenicotteri e il pesce rosso pigramente si era rimesso in posizione orizzontale.

Dannazione! Non capiva cosa stesse succedendo. Pur facendo ogni possibile tentativo di uccidersi, Pietro tornava sempre nella stessa identica situazione, sano e salvo, nella calda intimità della sua stanza da letto. Consapevole di vivere quei momenti come in un sogno senza uscita, ostinatamente scese in cantina, dove teneva alcune corde usate per il suo ex lavoro di autotrasportatore, produsse un rudimentale cappio, assicurando poi la corda ai robusti tubi dell'acqua di passaggio vicino al soffitto. Avvicinò la scala a pioli alla parete, salì mettendo il cappio attorno al collo e dopo alcuni secondi si lasciò cadere pesantemente, rimanendo penzoloni nella cantina spalancata.

Nel suo epilogo di vita, riuscì a udire persone che lo chiamavano a gran voce, forse i soccorsi erano già stati chiamati, forse ce l'aveva fatta, stavolta tutto sembrava coerentemente filare per il meglio, quando tra quelle voci gli parve di riconoscere quelle dei suoi figli, due ragazzi di 10 e 12 anni, avuti dalla prima moglie, che lo chiamavano distintamente.

Tornò a destarsi nella sua stanza con un gran mal di testa e un cormorano alla TV che pareva fissarlo intensamente; le voci dei suoi ragazzi continuavano a risuonare al punto da farlo desistere da quei brutti pensieri di morte che lo stavano annientando. Pietro si avvicinò alla finestra e vide i suoi figli chiamarlo dall'altra parte della strada, gli avevano portato un gelato da mangiare assieme e in fondo se qualcuno ancora lo cercava la sua vita, per quanto difficile, aveva ancora un qualche senso di essere vissuta.

Si vestì in fretta e alla meglio, scese di corsa le scale con l'animo sollevato da ogni brutto pensiero, aprì il portone e sorridente corse incontro ai ragazzi, che lo attendevano sul marciapiede opposto. Nella fretta di raggiungerli attraversò la strada senza guardare e l'autobus di passaggio lo colpì in pieno, scaraventandolo decine di metri in avanti. Quando ricadde a terra fu investito da altre due vetture in transito, che ne fecero a pezzi il corpo, tra le urla dei figli e dei presenti sulla scena dell'incidente.

L’aura di Giada

di Marta Bortolomasi

«Guerriera ardita, ardente e furiosa
tra mille e mille, donna e vergine,
di qual sia cavalier non teme intoppo»

Un gatto nero le attraversò la strada. Giada continuò tranquilla a camminare, per nulla impressionata o spaventata. Si spostò i lunghi capelli neri dalla fronte e proseguì per la biblioteca. Leggeva molto. I suoi preferiti erano i libri d’avventura e mistero. Amava perdersi tra le loro pagine, sognando di essere lei la protagonista di quelle avventure, di poter vivere, vivere davvero, ogni giorno una sfida, ogni giorno lottare per la sopravvivenza. Sognava di vivere una vita fuori dal comune.

Giada aveva un dono: poteva vedere i colori delle persone. Non i colori dei vestiti o della pelle, quelli potevano vederli tutti. Poteva vedere quelle lucine colorate che stavano vicino al cuore, quelle che nessun altro poteva vedere, quelle che indicavano il carattere della persona. C’erano le persone rosse, audaci e tempestose; le azzurre, pacate, tranquille, turbate da nulla; poi c’erano i verdi, allegri, speranzosi, festaioli, nessuno li fermava, e avanti così per tutti gli altri colori. Giada aveva provato a parlare a qualcuno di questa cosa ma a chiunque si rivolgesse, a partire dai suoi genitori, la dava per matta o diceva che erano solo le fantasie dell'età. Con il tempo aveva imparato a non parlarne più con nessuno.

Arrivata a metà strada per la biblioteca cambiò idea e decise di andare nel suo posto preferito. Era un parco giochi tranquillo, con qualche panchina, uno scivolo e un'altalena. A Giada piaceva sedersi su quella panchina, e guardare i colori delle persone e dei bambini che si fermavano a giocare lì. Osservava l'anima della gente che passava e poi inventava la storia della loro vita basandosi sul colore visto. Passava ore e ore inventando storie che poi trascriveva su un quadernetto che portava sempre con sé.

Quando era ormai sera, e tre nuove storie erano apparse sul quaderno, decise di tornare a casa. La mamma la aspettava con la cena in tavola, mentre il padre era ancora al lavoro. Mangiarono pasta e zucchine, raccontandosi le rispettive giornate. Dopo cena Giada lesse alla mamma le storie che aveva scritto e mamma Eloisa la ascoltò con piacere. A Eloisa piaceva ascoltare la dolce voce della figlia narrare, ed era convinta che da grande sarebbe potuta diventata un'ottima scrittrice, se lo avesse desiderato. Ma in quel momento il sogno di Giada era un altro: imparare a combattere, vivere un'avventura vera. Era una cosa che le premeva molto, odiava la routine. E odiava anche la società moderna. Infatti voleva che ci fosse sempre un particolare che attirasse l'attenzione su di lei: una collana vistosa, scarpe una di un colore diverso dall'altra, vestiti dai colori fluorescenti. Si divertiva a prendersi beffe del mondo e delle persone fissate con la normalità, in quel modo. Non poteva vedere il colore della sua anima ma era sicura fosse rosso. E le piaceva. Rosso era il colore del fuoco, il suo elemento preferito. Forte, audace, dava e toglieva la vita. Metaforicamente lei era fuoco. Aveva un carattere deciso ed era allo stesso tempo sensibile ma infame quando necessario. Lei era fuoco.

Si svegliò presto la mattina, non erano nemmeno le cinque. Restò a poltrire nel letto ancora un po' poi, quando arrivò l'ora di alzarsi, andò in cucina a fare colazione. Pane e marmellata, la sua colazione preferita. Mentre mangiava guardò fuori dalla finestra. Un gatto nero ricambiò il suo sguardo. Giada non aveva mai provato a guardare l'aura degli animali ma tentò con quel gatto. E vide un colore che non aveva mai visto prima. L'oro. Oro come la corona di un re, oro come il bracciale che portava al polso, oro come il metallo più prezioso che c'è. Si chiese se anche gli altri animali avessero quel tipo di aura e andò a cercare il suo gatto per fare la prova. Lo trovò acciambellato sul divano che dormiva profondamente. Ma la sua aura era viola, un colore normale. Tornò in cucina. Il gatto nero era ancora là. Con un balzo scese dal davanzale. Giada sentì l'irrefrenabile impulso di seguirlo. Lo vide davanti alla porta, come se la stesse aspettando. Appena lui vide lei, scattò in avanti e si fermò poco più in là, attendendo di essere seguito. La ragazza non perse l'occasione e si mise a correre per non perderlo di vista. Il gatto la portò davanti a una libreria. Giada non l'aveva mai notata prima ma era abbastanza sicura di esserci già stata con la madre, solo che a quel tempo era una lavanderia. La prima cosa che la colpì fu il profumo di legno fresco. Entrò, passando per due stipiti riccamente decorati, e rimase di stucco non appena vide cosa c'era al centro del locale. Un albero, un albero vero, si ergeva in mezzo agli scaffali, affondando le radici nel pavimento e protendendo i suoi rami verso il cielo azzurro. Il soffitto era inesistente. Era così meravigliata da tutto ciò che la circondava e soprattutto da quella pianta maestosa, che non notò una ragazza avvicinarsi, cosicché, quando lei le parlò, Giada fece un balzo per lo spavento.

– Ciao, posso esserti utile in qualche modo?

– In realtà non lo so. Può sembrare strano ma io sono capitata qui per caso, stavo seguendo un gatto nero e... – Ma guardandosi intorno non vide il cucciolo da nessuna parte.

– Non ti preoccupare, Giada – disse la ragazza. – So esattamente cosa ti serve. – E senza darle il tempo di ribattere si addentrò nel retrobottega.

Nell'attesa, Giada si chiese perplessa come potesse conoscere il suo nome. La ragazza tornò con un libro in mano. Era spesso e sembrava molto antico. Intarsi d'argento ne decoravano la copertina e il titolo: Iliade. Incuriosita, lo prese e ne sfiorò la superficie. Quest'ultima al suo tocco si increspò, come fosse fatta d'acqua, e la mano affondò nel libro. E a essa, senza che la ragazza se ne rendesse conto, seguì tutto il corpo.

Giada si scansò per evitare un colpo di spada. Scappò, evitando lance, frecce e armi di ogni genere. Vide un'insenatura tra le mura alle sue spalle e ci si infilò, per sfuggire a quel massacro che per poco non l'aveva uccisa. Quando fu al sicuro, si fa per dire, cercò di rallentare il respiro e di calmarsi. Ma come poteva calmarsi? Un attimo prima si trovava in una libreria senza soffitto con un enorme albero al centro, e l'attimo dopo stava per essere ammazzata.

Nonostante la paura, cercò di studiare la situazione intorno a lei. Uomini vestiti in modo strano, con armature che sembravano pesare un quintale e gonnellini, combattevano fra loro con spade e lance. Di tanto in tanto si poteva scorgere una ragazza, priva di seno destro ma armata di arco, che si faceva strada tra la mischia. Ma la cosa più strana erano le aure dei combattenti. Erano accecanti, colori molto più luminosi e splendenti di qualunque altro Giada avesse mai visto. In particolar modo la colpirono le ragazze guerriere. Avevano tutte l'aura argentata, argento vivo, simile alla luna piena nelle notti d'estate. A un tratto qualcosa l'abbagliò. Chiuse gli occhi e quando li riaprì una di quelle ragazze stava combattendo con un uomo che a Giada parve vagamente familiare. La ragazza, però, a differenza delle sue compagne, brillava di una luce dorata, accecante come il sole. Fece appena in tempo a notare questo particolare che la lancia dell'uomo trafisse il ventre della donna e il bagliore si spense. Giada osservava inorridita la scena, e quell'uomo che si era voltato verso di lei e le veniva incontro con un'aria per nulla rassicurante. Arretrò, un brivido freddo le salì lungo la schiena e si ritrovò nella libreria, con il libro in mano. La commessa le sorrideva, la sua aura splendeva d'argento. Dopodiché Giada vide tutto nero e i sensi le vennero meno.

Si ritrovò nella sua stanza, sotto le coperte, vestita di tutto punto. Pensò di essersi addormentata per caso e di aver fatto un sogno decisamente strano. Ma si ricredette quando sul comodino vicino al letto vide un libro con gli intarsi argentati. Lesse il titolo: Iliade. Non era stato un sogno. Era tutto reale. Quindi la scena cui aveva assistito era un episodio della guerra di Troia. Si chiese come diavolo potesse essere stato possibile ritrovarsi al tempo della guerra, passare attraverso un libro e tornare indietro, per poi ritrovarsi nella sua stanza, a letto, come se nulla fosse accaduto. Eppure la prova c'era ed era il libro che in quel momento si trovava sul suo comodino. Ripensò alle ragazze guerriere, si chiese chi fossero. Era piena di interrogativi a cui non sapeva dare una risposta. Per fortuna uno che aveva tutte le risposte c'era: internet.

Andò su Google e cominciò a informarsi. Cercò fra le immagini e si accorse di un volto. Era quello dell'uomo che aveva ucciso la ragazza dall'aura dorata. La didascalia recitava: "Achille fu un guerriero formidabile durante...". Achille. Ecco chi era. Aveva già visto un suo ritratto sul libro di letteratura greca, per questo le sembrava familiare. Appurato ciò, cercò l'elenco di tutte le donne che aveva ucciso. Un nome tornava sempre: Pentesilea, regina delle Amazzoni. Un "miao" fuori dalla finestra la fece sobbalzare.

Il gatto nero la guardava dritto negli occhi, come se volesse dirle qualcosa. L'aura dorata splendeva più vivida dell'ultima volta. Possibile che... Giada cercò in tutta la mitologia classica ciò che parlava di reincarnazione. Scoprì che secondo gli antichi greci l'aura era uno spirito libero che il corpo teneva imprigionato e, grazie alla morte, questo legame veniva spezzato. Ma l'aura non moriva, semplicemente migrava in un altro corpo, umano o animale che fosse. Guardò il gatto nero. Rilesse l'articolo. Gatto. Articolo. Per quanto assurdo potesse sembrare non c'era altra spiegazione.

Spense il computer e si precipitò fuori di casa, diretta verso la libreria misteriosa. Arrivò davanti al portone.

Ad aspettarla c'era la lavanderia dove era stata con sua madre. Giada non poteva credere ai suoi occhi. Un locale, ma soprattutto un albero gigante, non può sparire in quel modo.

Tornò indietro sconsolata e si rimise davanti al pc. Cercò tutte le informazioni possibili sulle Amazzoni che avevano combattuto la guerra di Troia. Poi sulle Amazzoni in generale. Scoprì che, secondo le leggende, vivevano in un posto misterioso, vicino alle montagne del Caucaso. Così prese una decisione: sarebbe partita alla ricerca di quelle donne guerriere che tanto l'affascinavano. Preparò uno zaino con lo stretto indispensabile, cercò il tragitto per il Caucaso e partì, lasciando un biglietto ai suoi genitori nel quale diceva che avrebbe passato qualche giorno da un'amica, senza troppi dettagli.

Prese un treno che, con qualche scalo, la portò in Romania, dove avrebbe preso un traghetto per la Georgia. Durante la traversata del Mar Nero, però, ci fu un guasto al motore che costrinse tutti su delle scialuppe di salvataggio. Purtroppo, erano esattamente a metà percorso, per cui la strada era ancora lunga, sia per tornare che per proseguire. Il capitano decise di andare avanti. Ma dopo qualche ora di navigazione, quando ormai si intravedeva la costa, sopraggiunse una violenta tempesta che sfasciò la scialuppa e tutti dovettero arrangiarsi come potevano. Giada si aggrappò a un pezzo di legno galleggiante; bagnata fino al midollo stava congelando ma, un po' nuotando, un po' lasciandosi trasportare dalla corrente, riuscì a farsi forza e ad arrivare su una spiaggia apparentemente deserta. Si trascinò a riva con le ultime forze e, stremata, si addormentò.

Quando si svegliò non sapeva quanto tempo fosse passato. Si alzò, si scrollò la sabbia di dosso e cercò di capire dove fosse arrivata. Non c'erano case né alberghi, solo spiaggia e un boschetto che si addentrava all'interno di quella che pareva una piccola isola. Giada aveva fame, perciò si diresse verso il bosco in cerca di qualche frutto commestibile. Mentre camminava ebbe la curiosa sensazione di essere osservata. Guardandosi intorno, però, non vedeva nessuno. Andò avanti ancora per qualche passo, quando sentì dietro di sé un ramo che si spezzava. Si girò di scatto, in tempo per vedere il lembo di un vestito sparire dietro gli alberi. Prese in fretta la decisione di seguirlo. Non sapeva se fossero amici o nemici ma di sicuro l'avrebbero condotta da qualche parte, che era sempre meglio che girare a vuoto in un bosco da sola.

Seguendo il rumore di passi, talvolta intravedendo una maglietta bianca o dei pantaloni argentati, arrivò in una radura. Si fermò, spaventata. Una decina di frecce era puntata contro di lei. Ragazze in tuta mimetica grigia reggevano gli archi ma nei loro occhi non c'era uno sguardo ostile. Tutte le loro aure brillavano di una luce argentata.

Subito arrivò un ordine da un punto imprecisato dietro Giada: – Abbassate le armi!

Giada si girò e vide una donna vestita come le altre ma con una fascetta dorata sulla fronte. La donna le sorrise. Un sorriso caldo ma al contempo deciso, come di qualcuno che sa esattamente chi sei e vuole metterti alla prova. La sua aura splendeva dorata. Pentesilea la guardava con occhi azzurri e profondi, come se anche lei potesse vedere il colore dell'aura di Giada. Il suo sorriso si fece più dolce.

– Benvenuta. Benvenuta tra le Amazzoni.

Hai presente l'ultima Apocalisse?

di Diego Cocco

Passaggi mancanti e passaggi manuali e delirio. Le prove ci aspettano dietro l'angolo di una vecchia taverna.

– Sono qui – disse lei. Aveva il viso coperto da un foulard di seta rossa.

– Non credevo saresti venuta.

Ecco il mio modo per dominare l'incertezza, ecco come rendermi inadatto.

– Entriamo?

Sollevò il velo e sorrise, poi si avvicinò e mi baciò. Le sue labbra sapevano di fragola.

Giorni passati davanti allo specchio a vedere la barba crescere, settimane e mesi a imparare a comunicare con la Malattia.

Si staccò e aprì la porta della locanda. Entrammo e scegliemmo uno dei pochi tavoli liberi. Una cameriera ci chiese se volessimo cenare.

– Io non ho fame – dissi guardando la mia compagna. Lei ordinò una birra doppio malto. Decisi di fare altrettanto, forse per mancanza di carattere e di buone sensazioni.

La sala era piena di stupratori e assassini e puttane e bambini che leccavano enormi stecche di zucchero filato.

Avevo perso quindici chili nelle ultime due settimane, mi sentivo malato e in gran forma. Lei appoggiò gli occhi scuri sul mio cadavere e provò a darmi una scossa.

– Lo sai che ci sono sempre.

Aspettavo la birra e uno sguardo diverso e qualsiasi cosa per andare avanti. Mi fu difficile deglutire.

Un cercatore d'oro seduto al tavolo vicino al nostro posò una grossa pepita accanto al bicchiere. Mi lanciò uno sguardo ammiccante.

– Non sono in vendita – bofonchiai.

– Non sei *ancora* in vendita – aggiunse lei sorridente.

Una puttana seduta in penombra si scoprì un seno. Un vecchio rachitico sputò un grumo giallastro sul pavimento di legno. Il pianeta Terra sarà presto una stalla senza pastore né pecore. Chi chiama il tuo nome?

Di fianco a me un agente di commercio aprì una valigetta piena di diamanti e si mise a contrattare con una bambina che aveva finito gli antidolorifici.

– Stai migliorando – disse la mia donna. – Dovresti essere contento solo per il fatto di avermi portata qui.

Mi prese una mano nelle sue. Le unghie erano perfette.

– Conosco questo posto come le mie tasche, e poi il nome *Mondo* non è affatto male.

Il barman stava immergendo un paio di mutandine femminili dentro il cocktail del giorno.

– Ti sei spogliato di ogni remora, questa adesso è davvero casa tua.

Un ragazzo sulla ventina iniziò a scoparsi una delle puttane contro un vecchio flipper. Una nonnina girava di tavolo in tavolo per offrire frittelle calde dentro un cesto senza lupi.

– Vado avanti solo grazie a te.

Mi alzai e le diedi un bacio sulla guancia. I suoi capelli profumavano di menta.

– Adoro il grigiore nei tuoi occhi – disse. Poi bevve un sorso di birra e si leccò le labbra per togliere la schiuma.

Un uomo con il cappello pronunciò una frase sulla religione, si abbassò i pantaloni e cominciò a masturbarsi davanti alla porta del bagno.

Splendida nottata da due soldi. Non mi chiedo mai quanto costerà domani.

– Cosa ci fai tutto solo in un posto come questo? – La donna appoggiò la borsa sul tavolo e si mise a sedere.

Alzai lo sguardo, indolente. – Non vedi la mia compagna?

– Bello, finora hai bevuto soltanto una birra. Ti tengo d'occhio da un po'. Non dirmi che sei già sbronzo!

Guardai il mio bicchiere mentre qualcuno sparava in piena fronte a una delle cameriere.

A volte per svegliarsi non basta battere le mani.

– Non sono solo, cazzo. Sei seduta proprio di fianco a lei.

La donna si passò una mano fra i capelli. Erano corti e tinti di un biondo artificiale. – Il tuo non è un problema di alcol. Cosa ti sei sparato?

La mia compagna intanto sorrideva restandosene in silenzio.

– Come ti chiami?

– Io sono la *Vita*.

Alzai un braccio e indicai al barman il bicchiere vuoto. Arrivò quasi subito con i rinforzi.

– Io invece sono *Dio*, e la persona che ti siede accanto e che ti ostini a non vedere si chiama *Malattia*.

Un uomo si tagliò una ciocca di capelli e iniziò ad addobbare un piccolo abete sintetico. Una ragazza chiese di poter abortire con un metodo naturale. Qualcuno azzardò una previsione sulle prossime elezioni. La giornalista dentro il maxischermo stava celebrando i centoventisette morti del disastro aereo a Brasilia. La produzione di merda era a pieno regime.

– Malattia – disse la bionda. Aveva una sbavatura di rossetto sul labbro inferiore. – Un Dio trasandato che scopa insieme a una contagiosa amica immaginaria. Siete una bella coppia.

Una vecchia iniziò a intrecciare un tessuto usando un vecchio telaio. Chiese più luce per gli elefanti colorati che sarebbero comparsi di lì a poco.

– Ci conosciamo appena. Tu non sai niente di me.

– Io so solo che hai la faccia di uno che potrebbe divertirsi di più.

Allungò un piede e sfregò il tacco contro il mio ginocchio.

– Cosa mi offri? Sesso a buon mercato? Potresti essere mia figlia.

– In effetti... se sei davvero il Padre Eterno dovresti essere stato tu a crearmi.

Eccomi imbottigliato in un altro conflitto di interessi.

– Per conto mio sei solo il povero Signore della Misericordia. Un Dio fragile e ipocondriaco.

Bevvi un sorso cercando di rimanere calmo. – E tu sei la solita, noiosa Vita Puttana.

La mia compagna aveva gli occhi lucidi. Voleva dire qualcosa ma non ci riusciva. Quattro o cinque uomini si erano riuniti in cerchio e parlavano con le teste piegate e mortali. Un vecchiaccio si sfilò l'ago cannula dal braccio e spiegò ai bambini il significato della parola *eutanasia*.

A quel punto sollevai il bicchiere per proporre il brindisi del secolo. – Il mio amore ti siede di fianco, e anche se non lo vedi ha appena portato a termine il suo lavoro. Ha contagiato tutti quanti.

– Che cosa significa?

– Ti ho già detto come si chiama. Malattia. Adesso ti sta fissando perché manchi solo tu.

Un bambino si avvicinò al tavolo pulendosi le mani sui pantaloni. Sorrideva e aveva la schiuma alla bocca.

La donna iniziò ad agitarsi. – Non puoi farci questo.

Presi in braccio il piccolo e lo cullai finché esalò l'ultimo respiro. Un gruppo di donne provò invano a postare l'ennesima fotografia sul profilo social. Le puttane non fecero in tempo a contare i soldi, i poliziotti si ammanettarono tra di loro vomitando liquido verde, un prete gridò: – Ve l'avevo detto che le offerte scarseggiavano – e spirò bestemmiando.

– Vita. Dolce Vita, Vita Brutale, Vita Indifferente, Vita Dentro Le Sottane. Sei solo il Piccolo Interludio Della Morte Eterna.

Si alzò in piedi scalciando e tenendosi il collo con entrambe le mani. Malattia le aveva riempito le vene e stava puntando dritta al cuore. Dopo nemmeno un minuto la bionda esagerata si trasformò in cenere irrecuperabile.

Alla fine rimanemmo solo noi due. La mia compagna Malattia e il sottoscritto. Scavalcai i cumuli di cadaveri e mi diressi verso il bancone. Preparai due birre rosse e ci aggiunsi un paio di fette di limone.

Tornai da lei e la guardai: per quanto impossibile sembrava ancora più bella.

– Baciami – disse sporgendosi in avanti.

La baciai stringendola forte. Ero soltanto un Dio sofferente e innamorato. La Malattia mi aveva scelto per mancanza di carattere e di buone sensazioni.

Agli esseri umani avevo concesso almeno una scappatoia decente. Purtroppo la mia vera Apocalisse, quella interiore, non sarebbe mai stata in grado di manifestarsi. Avrei aperto una nuova era da Signore Unico e nervoso. Per fortuna e per dannazione il mio male continuava a starmi appiccicato addosso.

Bevvi la birra e mi accesi una sigaretta. In effetti era una faccenda piuttosto complicata.

Il richiamo

di Raffaella Di Maro

Z. si svegliò di soprassalto, come sempre, sbadigliò a lungo e si passò una mano sulla faccia. Sollevò le coperte e si alzò. Si guardò intorno per un momento, meravigliandosi che E. non fosse ancora tra le braccia di Morfeo. Si lavò, si vestì con i gesti di sempre e andò in cucina.

E. era accanto alla finestra, immersa in pensieri dolci e lieti indotti dalla vista del paesaggio mattutino. Riverberi di luce gialli e rosa filtravano attraverso i vetri, lievemente appannati per l'umidità della notte, avvolgendo la stanza in una luminosità quasi irreale.

La tavola era apparecchiata per la colazione, come non succedeva da tempo. Erano anni che, prima di andare in ufficio, Z. consumava un rapido pasto senza nessun'altra compagnia che quella del silenzio, popolato solo di rado dal ricordo dei sogni fatti nella notte.

E. si voltò verso di lui, sorridendogli. Si sedettero l'una di fronte all'altro e lei gli porse il caffè, mostrandosi insolitamente loquace e facendogli numerose domande sul suo lavoro. Z. fu ancora una volta sorpreso. In un attimo gli passò davanti agli occhi la loro vita insieme, trascinata tra mozziconi di parole e sguardi vuoti. Stava vivendo ora un sogno o quello che aveva vissuto fino ad allora era stato solo un incubo?

A malincuore, Z. si alzò da tavola, indossò il cappotto e uscì. Appena fuori dal portone lo investì un fascio di luce accecante. Era uno splendido mattino d'inverno, i colori erano vividi come lo sono di solito dopo la pioggia ma durante la notte non aveva piovuto. Il cielo, terso e immobile, sembrava un'immensa lastra di vetro. Z., che amava annullarsi in quell'enigma blu, temette per un attimo che si frantumasse in mille pezzi proprio lungo una strana striscia dorata, l'ultima traccia di un aereo o il segno del passaggio di un angelo, che lo solcava orizzontalmente e sembrava non avesse né inizio né fine. Sotto quel cielo surreale, Z. era l'unica presenza viva. Nessun rumore o alito di vento: la città sembrava essere stata abbandonata dagli uomini e dagli elementi.

All'incrocio si fermò automaticamente per guardare a destra e a sinistra prima di attraversare la strada. Ma poi ricordò che quel mattino non c'era nessun altro in giro per la città e riprese il passo, affrettandosi verso l'edificio di vetro e cemento, giallo e grigio, che si ergeva ormai a poca distanza da lui.

Quanti anni e quante fasi della sua vita erano trascorse in quell'enorme e gelido parallelepipedo, in cui tutto congiurava contro l'uomo e il suo Io più autentico: la routine del lavoro monotono e impersonale, la pigrizia mentale, l'appiattimento dell'individualità. Tutto ciò finiva col soffocare miseramente ogni sprazzo di fantasia e creatività.

Fin da giovane Z. aveva sentito ardere nel suo cuore il fuoco dell'arte e sognato di diventare uno scrittore. Uno scrittore di romanzi, questo avrebbe voluto diventare. Fino ad allora ne aveva abbozzati due e solo uno portato faticosamente a termine, lavorando per lo più di notte. Ora avrebbe dovuto rivederlo, limarlo, riscrivere alcune parti ma non ce la faceva più a scrivere quando invece avrebbe dovuto dormire, si sentiva esausto e privo della lucidità necessaria. Avrebbe voluto invece dedicare tutto il suo tempo solo alla scrittura, farla diventare la sua attività esclusiva, solo così sarebbe riuscito a realizzare il "romanzo perfetto", quello che sarebbe diventato un best seller. Ma il pensiero della famiglia da mantenere lo aveva sempre fatto desistere e per questo fino a quel momento la lotta tra realtà e sogno si era sempre conclusa a vantaggio della prima.

Quel giorno, però, Z. sentiva in sé una forza prorompente e avvertiva un coraggio che gli avrebbe potuto far affrontare qualsiasi cosa. Più guardava la striscia dorata nel cielo di vetro, più si sentiva chiamato a compiere quell'atto di estremo coraggio.

Salì le scale in fretta, ormai deciso, ed entrò nel suo ufficio immerso nella penombra diradata da puntini di pulviscolo. Guardò con impazienza la scrivania, le carte ammucchiate da un lato e sorrise trionfante: era l'ultima volta. A un tratto pensò a E. e al bambino. Lei era stata così comprensiva quel mattino, così diversa dal solito. Avrebbe capito? Il dubbio e il senso di colpa lo afferrarono ancora una volta. Aprì la finestra e la stanza fu inondata di luce. Istintivamente alzò gli occhi al cielo e rivide la scia dorata che, sorta dal nulla, pareva non avesse né inizio né fine. Ora avrebbe potuto fare qualunque cosa, anche uccidersi. Si sedette alla scrivania e scrisse la lettera indirizzandola impersonalmente all'azienda presso cui aveva lavorato tanti anni. Senza rileggerla, la imbustò e la consegnò in segreteria, poi uscì di volata.

Come un ragazzino, scese di corsa le scale. Via, via da quel nido da incubo, non un minuto di più della sua vita preziosa doveva essere speso in quella tomba della fantasia e della creatività. Si sentiva di colpo ringiovanito, gli sembrava di percepire intorno gli odori e i profumi delle sere d'estate della sua giovinezza, quando sotto la luna provava a leggere le stelle per scoprire il suo destino ed esse gli facevano favolose promesse...

Era arrivato in fondo alle scale, quando un boato improvviso interruppe il corso dei suoi pensieri. Senza riuscire a comprendere ciò che stesse accadendo, si ritrovò all'aperto appena in tempo per assistere a uno spettacolo che andava oltre ogni immaginazione. L'edificio giallo e grigio, di vetro e cemento, si stava sgretolando come argilla sotto i suoi occhi esterrefatti. Mattoni, travi e vetri, come abbattuti da una mano invisibile, gli piovevano intorno, sfiorandolo appena...

Z. saltò sul letto. Si passò una mano sugli occhi e si guardò intorno. E. era accanto a lui e dormiva profondamente, la sveglia segnava le quattro e tutto era tranquillo. Si precipitò a piedi scalzi alla finestra e aprì le imposte. Fuori, tutto era immobile: nessuna presenza umana, i lampioni irroravano i marciapiedi di una luce spettrale e in lontananza poteva scorgere, intatto, l'alto edificio giallo e grigio. Aveva un nodo alla gola e si sentiva esausto come se durante il sonno fosse stato privato di ogni forza.

Poi, istintivamente, come obbedendo a un richiamo, volse lo sguardo in alto e trasalì nel vedere una strana striscia dorata, ultima traccia di un aereo o segno del passaggio di un angelo, che solcava il cielo orizzontalmente e sembrava non avesse né inizio né fine. Z. la guardò e ricordò. Capì che era stata lasciata per lui e per tutti quelli come lui. Decise che non si sarebbe più sentito l'ultima lettera dell'alfabeto.

Vendesi casa

di Alexandra Corina Dima

Avevamo finalmente comprato la casa dopo molti anni di affitto. Io e Trevor avevamo trovato il nostro posto sicuro, il nostro rifugio. Non era perfetta, nessuna lo è mai, ma era quella giusta per noi, con le cose essenziali: una grande libreria lungo tutta la parete del soggiorno così il posto per i miei libri non mancava, il garage per la moto di Trevor e il grande giardino che circondava la casa, così anche il nostro cane era contento.

Ovviamente, c'erano anche dei vicini: una coppia di anziani abitava dietro casa e una signora di mezza età assieme alla figlia, probabilmente trentenne, abitavano sopra di noi, con l'ingresso a mezzo metro dalla nostra porta. Erano stati tutti molto gentili con noi fin da subito e si sa, avere dei vicini tranquilli con cui si va d'accordo garantisce quasi al cinquanta per cento una vita serena e felice.

Questo ovviamente finché non sono iniziati i rumori. All'inizio erano soltanto di giorno, quando veniva a trovarle la donna delle pulizie. Una volta alla settimana, alla signora di sopra – che abbiamo scoperto essere una maestra delle elementari – venivano a fare le pulizie. Non avevano mai l'accortezza di alzare i mobili quando dovevano pulire a terra, era di sicuro più semplice trascinarli sul pavimento avanti e indietro.

Una volta credo che abbiano fatto cadere un vaso con delle biglie di vetro, perché il rumore del vaso che andava in pezzi e delle biglie che si sparpagliavano sul pavimento fu abbastanza netto da permettermi di contare i pezzi rotti e le biglie perse. Mi parve anche di sentire la signora delle pulizie imprecare, chissà se le avrebbero fatto pagare il vaso rotto.

Con il tempo, l'abitudine di trascinare i mobili per casa senza mai alzarli la adottarono anche le padrone di casa, alle volte persino di mattina presto. Ipotizzai che fosse durante la colazione, d'altronde si sa che alzarsi per andare al lavoro non è quasi mai allettante e trascinare i mobili creando un rumore che graffia i timpani può risultare terapeutico, chissà.

Tutto ciò in alcune giornate si verificava anche all'ora di pranzo, oppure veniva concentrato in quella esatta mezz'ora di riposo che mi concedevo prima di rientrare al lavoro.

L'avevamo sempre vista come una signora molto distinta, la maestra, una di quelle persone che non ti chiedono di darle del tu perché lo trova una mancanza di rispetto. Non era chiaro se il marito fosse morto o se fossero separati, di uomini comunque non se ne vedevano mai, a meno che non fosse un manutentore o un tecnico per riparare qualcosa.

Dopo quasi due anni, nella nostra casa i rumori iniziarono a sentirsi anche di notte.

All'inizio verso la mezzanotte, sembrava che volessero traslocare o che si fossero stancate di com'erano posizionati i mobili e lo ritenevano un orario giusto per cambiarli di posto. Non ci eravamo mai lamentati con loro, un po' perché i *traslochi* duravano sempre pochi minuti, un po' perché anche il nostro cane, seppur solo di giorno, si dava il suo da fare abbaiando e facendosi sentire in tutto il vicinato. Ma una sera d'estate tutto cambiò. Dopo cena io e Trevor ci addormentammo presto, avevamo avuto entrambi una lunga giornata al lavoro e l'indomani sarebbe stato lo stesso.

Credo che fosse verso le due o le tre di notte. I rumori di sopra mi svegliarono, erano diversi dal solito: le sentii spostare i mobili lentamente e poi bussare ripetutamente sul pavimento. Cosa si aspettavano che dicessi, "avanti"?

Mi affacciai dal corridoio che dava sul soggiorno guardando il soffitto nel punto da cui avevo sentito bussare. Non accesi la luce del salone ma quella della camera da letto era sufficiente per permettermi di vedere in penombra. Bussarono ancora.

Erano proprio al centro della stanza, poco più avanti del mio tavolo da caffè. Vidi il soffitto tremare, incresparsi come se fosse fatto di latte e tremare ancora più forte, emettendo un rumore sordo percepibile solo se si fissava punto esatto. Dovetti fare uno sforzo per non urlare.

Vidi sbucare la testa della figlia della maestra, quella dannata testa si affacciava dal soffitto dentro alla mia sala come se guardasse dentro a una scatola di cartone!

La sentii bisbigliare: – Questa non è la porta temporalc, Dorotca, questa è quella dimensionale! E difettosa per giunta, ti ha solo aperto il pavimento a quelli di sotto, maledizione!

Poi sentii la maestra: – Vieni via, Dotty, non farti vedere, dobbiamo ancora cercare e non abbiamo molto tempo.

Prima che il mio soffitto smettesse di ondeggiare, sentii di nuovo la figlia: – Forse stiamo cercando nel posto sbagliato, potrebbe essere nascosta in casa dei vicini, non credi?

Inutile dire che quella notte non chiusi occhio. Rimasi sul divano in soggiorno, le luci accese e gli occhi fissi sul soffitto. Non accadde più nulla fino al mattino.

Quando Trevor si svegliò gli raccontai tutto quanto ma lui non mi credette e diede la colpa alla stanchezza, al fatto che probabilmente avevo fatto un brutto sogno e mi era sembrato vero.

– Beh, tu fai sempre sogni strani, sarà stato uno di quelli, non c'è altra spiegazione – disse.

Quel giorno decisi che avrei fatto in modo di venire a capo di quella storia, a costo di bussare alla loro porta e chiedere spiegazioni.

Dal discorso delle due donne avevo capito che quasi sicuramente si sarebbero intrufolate in casa nostra per cercare quella cosa, *porta temporale* o qualsiasi cosa fosse.

Presi un permesso al lavoro, portai il cane dai miei genitori e tornai a casa. Per evitare che mi vedessero arrivare, passai dal garage che aveva l'ingresso sulla via dietro casa. Entrai cercando di fare meno rumore possibile. Tutto sembrava essere come l'avevo lasciato; salii le scale che dal garage portavano alla sala in ingresso e non feci in tempo ad arrivare in cima che sentii bisbigliare dalla camera da letto.

Mi avvicinai quel che bastava per non farmi vedere e riuscii a sentirle.

– Prova a bussare lì, non si muove niente? – chiese la figlia.

– No, qui niente – rispose la madre. – Dietro quella porta hai provato?

– Sì, Dorotea, abbiamo tastato quasi ogni centimetro di questa dannata casa, la porta non c'è!

– Eppure sono sicura che è qui da qualche parte.

A quel punto decisi che era ora di capire cosa stessero facendo in casa mia e che storia assurda fosse quella, non avrei permesso che andassero avanti così senza una spiegazione.

Mi avvicinai alla camera da letto cercando di evitare che mi sentissero; volevo coglierle sul fatto, ma quando mi affacciai sulla stanza rimasi senza fiato.

Lì non c'era nessuno, tutto era come lo avevo lasciato, controllai in tutta la casa ma neanche l'ombra delle due donne.

Iniziai a mettere in dubbio la mia sanità mentale: anche se ero sicura di quello che avevo visto e sentito, purtroppo non avevo nessuna prova a sostegno della mia tesi. Decisi di provare il tutto per tutto, dovevo capire, avevo bisogno di una giustificazione razionale a tutto quello.

Andai a suonare al loro campanello, un po' spaventata per ciò che avrei potuto trovare e di come avrebbero potuto reagire le due donne ma sapevo che non c'era altro modo.

Nel peggiore dei casi, pensai, magari i rumori sarebbero diminuiti.

La maestra aprì la porta e mi invitò a entrare. La loro casa era diversa da come me la ero immaginata. Un forte odore di incenso inondava le narici fin dall'ingresso, alle pareti erano appese maschere e souvenir che non avrei mai potuto riconoscere, i mobili erano tutti di un acceso color pastello e le pareti sfumavano dal celeste al verde smeraldo. Non c'era una superficie vuota in quella casa: libri e ninnoli un po' ovunque, tappeti intrecciati come mosaici e poi c'era questa luce innaturale che non riuscivo a capire da dove venisse, dato che fuori pioveva ed era nuvoloso e scuro.

Mi fecero accomodare in salotto, dove un grosso gatto persiano impagliato dormiva serenamente sulla poltrona vicino alla finestra.

Il tavolo centrale della stanza era di un legno lucido color caramello con intarsi marmorei che ondeggiavano sulla superficie, alle pareti erano appese diverse tele astratte senza cornice e, nelle vetrinette che costeggiavano il tavolo, notai delle piccole statue raffiguranti uomini preistorici. Le statue mi incuriosirono molto, ero sicura che rappresentassero uomini delle caverne ma era ciò che tenevano fra le mani che non poteva avere un senso: impugnavano tomi e fogli di papiro e lunghe piume appuntite come fossero penne. Non riuscivo a inquadrare tutto questo nella mia realtà, ero quasi sicura, arrivata a questo punto, che stessi sognando.

Mi offrirono un caffè che non accettai, ma alla loro insistenza ne presi un sorso che faticai a mandare giù.

Mi dissi che se stavo sognando, allora potevo raccontare loro tutto quello che avevo visto e sentito senza preoccuparmi delle conseguenze.

Raccontai tutto quanto dall'inizio, degli strani rumori che spesso non ci permettevano di dormire, delle apparizioni dal mio soffitto e soprattutto di averle sentite cercare qualcosa in casa mia.

Le due donne si scambiarono una rapida occhiata d'intesa e la figlia della maestra disse, sorridendo: – Ci deve scusare, Rose, non volevamo disturbarla con le nostre ricerche. Deve sapere che questa casa, insieme alla sua, un tempo apparteneva alla nostra famiglia. Purtroppo abbiamo scoperto da poco che, da qualche parte qui dentro, la mia bisnonna ha nascosto degli importanti documenti che ci servono urgentemente. I suoni che sentiva, purtroppo, li causavamo perché speravamo di trovare un nascondiglio, una porta segreta, un doppio fondo, qualsiasi cosa potesse contenere questi oggetti. Ci deve scusare se siamo entrate da lei, abbiamo ancora tutte le chiavi della vecchia proprietà. – E mi allungò quella che doveva essere la loro chiave di casa mia. – Le possiamo assicurare che non succederà più.

La sua espressione dispiaciuta e apparentemente sincera mi convinse a crederle e a non insistere sulle altre cose strane ancora senza spiegazione.

Probabilmente aveva ragione Trevor, ero molto stanca negli ultimi tempi e non di rado facevo strani sogni inspiegabili. Questo poteva essere uno di quelli.

Accettai le scuse, dissi che non era nulla di grave e mi accompagnarono alla porta. Mentre riattraversavo il corridoio per andare via, notai un vecchio quadro, forse del 1800, pensai che doveva essere di una loro antenata. La somiglianza con la figlia della maestra era impressionante. Poi notai un'altra foto, sembrava degli inizi del 1900; se non fosse stato per l'abbigliamento e la foto in bianco e nero, avrei giurato che fosse la maestra da giovane. Nella loro famiglia le donne erano tutte sorprendentemente somiglianti.

Avrei voluto saperne di più ma ormai ero alla porta, stavo per andarmene, quando mi girai per ringraziarle dell'ospitalità e del caffè. Non feci in tempo a dire qualcosa che rimasi fulminata dalla mia immagine riflessa nello specchio.

Non era la mia immagine a inquietarmi ma ciò che vedevo riflesso al di là di quella che doveva essere la porta aperta alle mie spalle, che dava sul giardino davanti casa.

Al posto del giardino si intravedeva una spiaggia e un mare calmo e deserto al tramonto di un sole azzurro. Feci un passo verso quell'immagine riflessa per vedere meglio e, non appena mi spostai, cambiò anche tutto ciò che vedevo. Al posto del mare c'era adesso un grande castello all'ombra di un cielo tumultuoso in tempesta, e una carrozza trainata da corvi giganteschi che aspettavano pazienti di partire.

Sentii dire sottovoce alle due donne: – La porta dimensionale!

Senza avere tempo di far nulla, mi ritrovai fuori nel giardino davanti casa a chiedermi quando mi sarei svegliata.

L'iniziazione

di Giuseppe Raineri

Il viaggio era stato lunghissimo e noiosissimo. I ritardi in aeroporto si erano trascinati a catena e Arturo non vedeva l'ora di arrivare finalmente dai nonni.

Erano molti mesi ormai che non li vedeva.

Nessuno poteva venire a prenderlo in stazione, così aveva preso un taxi.

Il messaggio che aveva letto in aereo era chiaro. Doveva rivolgersi ai vicini perché avevano in custodia le chiavi del cancello per entrare nel parco della villa.

Una volta entrato doveva procurarsi le chiavi di casa che si trovavano nel nascondiglio che conosceva sin dall'infanzia e da ultimo disattivare il sistema di allarme.

In quella casa aveva trascorso le lunghe estati più belle della sua vita mentre i genitori erano in giro per il mondo fagocitati dagli impegni di lavoro.

Doveva ultimare in tempi brevissimi un articolo impegnativo e sapeva che quello era l'unico posto al mondo che gli conciliava una concentrazione perfetta.

Entrò finalmente in casa e salì in mansarda, il suo rifugio.

Adorava la sua stanza con le pareti che seguivano le pendenze del tetto.

Lì erano nati i suoi interessi per la matematica e la fisica e, per quanto non fossero mai venuti meno, alla fine aveva preferito dedicarsi a studi di filosofia, con grande rammarico della famiglia che vedeva vanificarsi l'unica possibilità di continuare una tradizione lunga ormai tre generazioni.

Arturo desiderava rompere quella regola implicita e cimentarsi in qualcosa di completamente nuovo, personale, suo.

Svuotò le valigie di vestiti, libri e documenti e scese per aprire le finestre.

In cucina trovò un biglietto di saluti con l'invito a servirsi del frigorifero e della dispensa dove avrebbe potuto trovare quello che gli serviva per sopravvivere fino al ritorno dei nonni.

Addentò una mela prima di risalire all'ultimo piano.

Con la coda dell'occhio colse il movimento di qualcosa di peloso davanti alla porta del salotto. Non sembrava spaventato dalla sua presenza. Ad allarmarsi fu lui perché sin da giovane gli avevano diagnosticato un'allergia al pelo dei felini. Gli parve strano che i nonni ne avessero adottato uno sapendo del suo problema.

Eppure, non sembrava risentirne; nessuno starnuto, nessun bruciore agli occhi.

Si tenne a distanza di sicurezza ma l'altro non lo mollò neppure per un attimo seguendolo sulle scale.

Il sottotetto era tutto a sua disposizione; il nonno lo aveva fatto ristrutturare con pannelli di legno alle pareti e fatto isolare dal tetto aggiungendo un bagno tutto per lui e un terrazzino coperto dove poter stare all'aperto indisturbato.

La casa si trovava in una zona residenziale al centro di un parco alberato protetto da siepi alte e fitte.

Quello che però gli aveva suscitato meraviglia dal primo momento che l'aveva visto era il lucernario rotondo a cupola disposto proprio sopra il letto. Da qui nelle notti senza nuvole poteva godere lo spettacolo del cielo stellato. Padre e nonno l'avevano aiutato a orientarsi tra le costellazioni e poi successivamente gli avevano fatto dono di un telescopio.

Arturo, disteso sul letto, supino, trovava pace e ispirazione dalla semplice contemplazione della volta celeste.

Entrò in bagno e fece una lunga doccia bollente.

Uscì sul terrazzino dando gli ultimi morsi alla mela e riducendola a un sottile cilindro quasi perfetto.

Fu questione di un attimo, la sua attenzione venne catturata da quello che stava vedendo senza che se ne rendesse conto.

La casa, quella casa, nella proprietà confinante a nord ora era perfettamente visibile.

Mai prima di allora gli era stato possibile guardare cosa ci fosse tra gli alberi che nascondevano la costruzione su tre piani in pietra, ora in vista. Da sempre, lo stesso mistero circondava anche chi l'abitava.

Nemmeno i nonni sapevano chi fossero; ma qualcuno doveva pur viverci, perché si aveva la sensazione che soprattutto di notte ci fosse del movimento.

Era risuonato istintivamente un campanello di allarme. Un senso di disagio e malessere indefinibili.

Tutti gli alberi erano stati mozzati fino alle radici e lo spettacolo desolante che gli si parava dinanzi dava l'impressione di un abbandono dettato da un'urgenza improvvisa.

Guardò meglio con un vecchio binocolo. Le finestre e le porte erano state sprangate con assi chiaramente improvvisate, inchiodate in maniera approssimativa. Se ne tornò in casa, consumò la cena con quello che gli avevano preparato da riscaldare in forno e diede latte e crocchette al gatto da una confezione di cibo per animali lasciata in bella vista.

Una mattina, due giorni dopo il suo arrivo, venne svegliato da voci che lo chiamavano dal piano terra invitandolo a scendere per la colazione.

Ci fu giusto il tempo per un saluto affettuoso di chi sembrava essere invecchiato troppo velocemente. Era trascorso poco meno di un anno dall'ultima visita ma sembrava un'eternità per gli effetti visibili sui volti dei nonni.

Della casa dei vicini cosa sapevano dirgli?

Non c'era molto da raccontare in proposito. Senza nessun preavviso, alcuni mesi prima, erano arrivati uomini e macchine per iniziare i lavori di disboscamento e sembrava che alla fine dovessero demolire anche il fabbricato.

Gli avevano chiesto il permesso di aprire un passaggio provvisorio nel muro nella parte posteriore della casa per poter entrare nel cantiere più agevolmente.

All'improvviso però i lavori si erano fermati e non si era visto più nessuno.

Il piccolo cancello che chiudeva il varco era ancora al suo posto e solo per pigrizia il nonno non aveva ancora provveduto a toglierlo di mezzo; avrebbe voluto capire, informarsi meglio, ma nonna lo aveva convinto a demordere da ogni passo ulteriore.

In cuor suo, però, non si era arreso. Con un tono annoiato e dimesso riferiva di strane voci circolate in merito all'interruzione improvvisa. La gente parlava dell'accaduto ma erano solo dicerie, ipotesi fantasiose che spaziavano da più verosimili problemi di denaro a motivi legati alla scoperta di qualcosa che aveva sconsigliato di proseguire. Le chiacchiere non si spingevano oltre.

Cosa sapeva dirgli invece del gatto che gli stava sempre tra i piedi?

Era comparso subito dopo l'inizio dei lavori nel parco; forse aveva trovato riparo nella proprietà abbandonata e se ne era andato probabilmente disturbato dal quel viavài di gente rumorosa.

Sembrava in cerca di qualcosa o di qualcuno e accettava solo un po' di cibo disinteressandosi delle persone; questo però fino a qualche giorno prima.

Preoccupati per il nipote, non erano comunque riusciti ad allontanarlo e gli avevano ricavato una porticina di ingresso sul retro della casa.

Con il suo arrivo però sembrava aver trovato finalmente pace, come se lo stesse aspettando, ma doveva trattarsi di un caso, di una banale coincidenza e l'allergia non si era fortunatamente manifestata.

***

Il gatto senza nome, con il trascorrere dei giorni, mostrava una crescente irritazione, che lo distoglieva spesso dal suo lavoro. Pareva che volesse comunicargli qualcosa senza riuscirci.

Quell'inquietudine peggiorò al punto che un giorno Arturo si vide costretto a uscire per distrarsi con una breve passeggiata nel parco. Si diresse verso il cancello che separava le due proprietà e il gatto, che in genere lo seguiva con indolenza nel tentativo di fargli cambiare strada, questa volta lo precedette con sicurezza.

Arturo aprì il lucchetto e insieme si inoltrarono in quel territorio brullo dopo la devastazione arrecata alla vegetazione un tempo rigogliosa.

Arturo si guardò in giro per vedere se qualcuno lo stesse osservando dalla villa e perse di vista il gatto che nel frattempo si era diretto verso la casa. Si affacciò sbirciando da dietro un muro, come per segnalare dov'era e suggerirgli di raggiungerlo.

Arturo girò anche lui intorno alla casa, ma nessuna imposta, nessuna porta offriva fessure o appigli per forzarne l'apertura. Dopo avere individuato un possibile ingresso in una porta in apparenza meno solida, si rassegnò a rimandare l'intrusione a un'altra occasione, per procurarsi qualche strumento e soprattutto una torcia.

La delusione del gatto era visibile e calò un velo di noia sui suoi occhi in genere espressivi e attenti.

Trascorsero altri due giorni, dopodiché Arturo dovette desistere da ogni tentativo di concentrarsi sul suo lavoro per dare ascolto a una voce interna e insistente, che lo reclamava in quel posto proibito.

Portò con sé l'occorrente e il gatto, naturalmente.

Tolse i chiodi e le assi che bloccavano la porta scelta per entrare, poi si fermò. Cercò con lo sguardo casa sua, temporeggiò qualche istante e poi incrociò gli occhi con quelli del felino che lo guardava nella paziente attesa di qualcosa che sembrava essere ormai inevitabile.

Ruppe ogni indugio ed entrò. Accese la torcia e la roteò dal pavimento al soffitto, scorrendo con il fascio di luce le pareti spoglie. Doveva essere entrato da una stanza che serviva da ripostiglio dopo la quale si apriva una cucina con un camino che occupava quasi per intero tutto il muro di fronte. Stagnava un'aria rancida; polvere e ragnatele si erano impossessate del posto.

Non c'era traccia di mobilia, di quadri appesi. Nulla. Si percepiva soltanto un lontano ticchettio, come quello di una pendola.

I pavimenti scricchiolavano al suo passaggio.

Davanti a lui il gatto gli faceva strada, sembrava trovarsi perfettamente a suo agio e conoscere la disposizione dei locali, fino a quando si trovarono in un ampio ingresso da cui partivano due scalinate a semicerchio; nel punto dove si incrociavano, un orologio ancora funzionante segnava le 15:37.

La sua guida non sembrava interessata ai piani superiori e si diresse verso una porticina laterale che doveva condurre alle cantine.

Arturo l'aprì e fece luce illuminando le scale in pietra che si avvolgevano a chiocciola giù, giù fino a perdersi nel buio.

Scesero, affiancati, i gradini stretti e più si inoltravano più aumentava la percezione di umidità: le pareti e la scala erano diventati scivolosi e il loro avanzare rallentò per il timore di cadere.

Nessuno poteva sapere né immaginare dove Arturo si trovasse in quel momento, e se gli fosse successo qualcosa difficilmente sarebbero potuti venire in suo aiuto.

Non aveva con sé nemmeno il telefonino, l'aveva dimenticato in camera.

Non contò i gradini ma dovevano essere numerosi perché la discesa durò minuti che sembrarono interminabili.

Alla fine, si trovarono in una sala immensa con i soffitti a volta di mattoni che un tempo dovevano essere rossi. Arrivarono sul fondo della sala, oltre non era possibile andare. Ai lati non aveva visto vie d'uscita né corridoi. Sembrava finire tutto lì. Guardò meglio ma non c'era traccia di qualche possibile apertura o di gallerie.

Il gatto era scomparso e per quanto scrutasse nel buio con la torcia sembrava svanito all'improvviso.

Si rese conto di non avergli mai dato un nome e lo chiamò semplicemente "gatto" e "micio", emettendo quei tipici schiocchi con la bocca per richiamarne l'attenzione.

Tornò sui suoi passi.

Qualcosa non lo convinceva.

Nel fascio di luce proiettato tutt'intorno non riconosceva luoghi che pensava di aver già percorso.

Da dove spuntavano le colonne sottili che reggevano i soffitti a volta, ma che era sicuro di non aver visto prima?

Preoccupato di verificare dove stesse mettendo i piedi, finì con lo sbattere contro un muro di fronte a lui; eppure, di ritorno, aveva percorso lo stesso cammino in linea retta e l'avrebbe dovuto già incontrare. Nonostante la temperatura fredda cominciava a sudare, l'ansia cresceva e con essa la tensione; ovunque tentasse di dirigersi, il luogo sembrava diverso da quello appena attraversato.

Non era possibile, poteva, anzi, doveva essersi confuso; si fermò per riprendere fiato.

Tastò lo spazio intorno ma le mani affondavano nel vuoto.

Puntò la luce davanti a sé, due occhi che brillavano nell'oscurità lo stavano fissando.

Il gatto si era allontanato per qualche motivo e ora tornava portandogli qualcosa che depositò ai suoi piedi. Poi rimase fermo nella posa caratteristica di una sfinge, leccandosi ritmicamente il pelo, in attesa. Arturo si chinò per raccogliere il dono: una medaglia pesante, entrambe le facce avevano disegni in rilievo. Fece luce sui due lati e riuscì a riconoscere che si trattava di raffigurazioni di labirinti che ricordava di aver già visto e in quel momento si sentì all'improvviso spinto in avanti da una forza intensa cui non poteva né desiderava opporsi.

Si trovò immerso in una luce accecante e chiuse gli occhi abituati ormai al buio.

Una voce ruppe il silenzio con tono perentorio.

– Benvenuto nel Regno dei Labirinti e degli Specchi, Agorath. Abbiamo atteso a lungo il tuo arrivo.

– Il mio nome è Arturo.

– Tu sei Agorath.

– E tu, tu chi sei invece? Dove mi trovo?

– Ascoltami con attenzione, Agorath. È venuto il tempo che tu compia la missione per cui sei qui ora, tu e gli altri sei come te. Avrai tempo e modo per capire, ma prima di tutto devi incontrare gli altri tuoi simili. Qualcosa di strano e terribile sta succedendo in uno dei sette universi paralleli. Ti trovi nel mezzo del labirinto di Groth e dovrai percorrerlo fino a quando capirai da solo di essere arrivato alla meta. Non ti sarà difficile. Usa l'amuleto che ti è stato dato. Sei entrato nella città sotterranea attraverso la casa che è uno dei suoi possibili ingressi. Altre vie di entrata ti saranno rivelate quando sarà il momento. Noi per il mondo degli umani non esistiamo e così dovrà continuare a essere. Sei un prescelto, un predestinato e, se fallirai, potrebbe essere la fine dei Sette Regni. Affrettati e impara, sappi che nulla accade per puro caso. Quando i tempi saranno maturi, potrai finalmente incontrare Groth; è stanco e vecchio e ti sta aspettando. Ora va'.

La voce si era zittita all'improvviso e non rimaneva altro da fare che proseguire il cammino. Davanti a lui si aprivano nuovi corridoi tutti uguali, non c'era modo di privilegiare una direzione rispetto a un'altra. Non gli fu difficile trovare la soluzione. Si inoltrò per un breve tratto fino a un bivio con al centro un obelisco di pietra, un monolito grigio e liscio.

Una cavità circolare sembrava adattarsi perfettamente alla forma dell'amuleto; provò prima da una parte e poi dall'altra; al secondo tentativo tutto venne avvolto da una nebbia densa. Solo una via diventava accessibile, e così fu a ogni incrocio e sempre per lo stesso verso della medaglia, fino a una sala circolare con al centro un vaso in alabastro nero e sette scranni intorno. Diametralmente opposto all'ingresso, oltre il vaso, uno specchio rifletteva la sua immagine.

– Metti l'amuleto con il lato che non hai ancora usato in uno dei fori all'esterno del vaso e fissa lo specchio che hai davanti a te. Stavamo aspettando il tuo arrivo per iniziare. Manchi solo tu.

Obbedì e attraverso lo specchio presero forma altre sei figure che misero gli amuleti negli altri incavi liberi del vaso e si accomodarono sedendosi ciascuno su una sedia; e così fece anche Arturo.

– Siamo stati convocati per una questione urgente. Noi siamo i Normalizzatori. Uno per ciascuno dei sette universi paralleli. Non è sufficiente possedere il simbolo del labirinto. Dentro di noi abbiamo un'impronta genetica che ci contraddistingue e i labirinti e gli specchi sanno riconoscerla. A noi spetta il compito di evitare che qualcuno interferisca con il corso normale degli eventi e in qualche modo condizioni l'esito dell'Esperimento. Le forme con cui ci presentiamo oggi e sempre sono neutre e nessuno di noi può rivelarsi con l'aspetto che ha assunto nel suo universo, né spostarsi dal suo a un altro.

– In cosa consiste l'Esperimento?

– Sette sono le modalità con cui si sono sviluppate forme di vita intelligente in universi separati e indipendenti. Ciascuna sta seguendo in piena autonomia una strada sua propria. E noi siamo i garanti di questa autonomia. Quello che si rivelerà il modello migliore sarà l'unico che potrà continuare a esistere, gli altri saranno destinati a scomparire, abbandonati a se stessi.

– Chi conduce l'Esperimento?

– Non lo sappiamo.

– Mi hanno parlato di un certo Groth...

– Anche noi sappiamo di lui ma non l'abbiamo mai incontrato. Troverai informazioni utili su come operare nel libro che hai davanti a te.

La copertina riportava in sovrimpressione il suo nuovo nome, ma le pagine erano tutte bianche.

– Capiamo la tua sorpresa, è toccata la stessa sorte a ciascuno di noi. Aprilo e all'interno della copertina inserisci il simbolo del labirinto. Solo tu ora potrai leggere quello che vi è scritto. Fallo con attenzione. Scoprirai come individuare i Cursori. Loro ti aiuteranno, ti saranno preziosi alleati nella tua missione. Ricorda che gli specchi sono la porta d'ingresso ai labirinti. Quelli sono l'unico posto sicuro fuori dal tempo e dallo spazio dove ci potremo incontrare nuovamente tutte le volte che lo vorremo. Basterà che la tua immagine si rifletta in un qualunque specchio, la tua mente e l'amuleto faranno il resto e ti ritroverai in un posto come questo.

– Qualcuno nel tuo universo sta manipolando il processo, sta lavorando nell'ombra per prendere il sopravvento e diventare il supremo Artefice. Sembra che sia capace di attivare uno schermo che maschera quello che sta succedendo da te, rendendolo invisibile agli altri.

– Se ciò che temiamo è vero, potrà far prevalere con l'inganno il suo universo su tutti gli altri. Il destino di tutti noi è nelle sue mani e nelle tue.

– Tu dovrai capire chi è, come si muove e fermarlo.

La riunione era giunta al termine. Ciascuno riprese il proprio amuleto per fare ritorno nel suo mondo. Arturo si ritrovò al punto di partenza, solo.

Il grande orologio in cima alle scale segnava ancora le 15:37 e non era la cosa più strana che gli stesse succedendo.

Ora doveva affrontare una novità inaspettata e non sapeva da dove iniziare.

Non era poi così sicuro di non aver sognato, di aver perso conoscenza solo per pochi secondi, ma libro e amuleto non potevano essersi materializzati dal nulla.

Non riusciva a immaginare quello che lo aspettava là fuori.

Quel mondo che pensava di conoscere bene si stava rivelando all'improvviso completamente diverso e inaspettatamente troppo insidioso.

Il gatto lo guardava compiaciuto.

Ninfe al chiaro di luna

di Roberta Menduni

Quando ripenso alla storia che sto per narrarvi mi viene in mente un quadro di Giovanni Boldini, che mi aveva molto colpito durante una mostra diverso tempo fa. L'opera in questione rappresentava delle giovani fanciulle fluttuanti e libere, in una sorta di gioco cromatico che fa da sfondo al quadro, con svariate sfumature, dal bianco al rosa, dal marrone al verde. Erano le famose *Ninfe al chiaro di luna* del maestro ferrarese.

Le fanciulle di questa mia storia, invece, non erano né libere né fluttuanti, perché nate legate ciascuna a un albero diverso, creature metà donne e metà piante: erano le ninfe *Amadriadi*, il cui nome, derivante dal greco antico, significa "coesistente con gli alberi".

Non avrei mai creduto all'esistenza di queste creature se non fosse stato per Gustaf, un taglialegna conosciuto durante le mie cavalcate nei boschi, quando, come uno spirito silenzioso, mi aggiravo non visto a cavallo sotto la penombra degli alberi. Fu lui a indicarmele una notte: al chiaro di luna, nascosti dietro un cespuglio prospiciente una radura, vedemmo i tronchi degli alberi in cui esse vivevano schiudersi improvvisamente, e poi i loro corpi nudi e lucenti, talmente candidi e perfetti nelle proporzioni da sembrare statue di marmo.

Le fanciulle avevano l'aspetto di quattro adolescenti dal viso giovane e rifulgente di bellezza, col capo coperto da una ghirlanda di fiori e i lunghi capelli biondi che ricadevano sulle spalle. I seni appena accennati esprimevano tutto l'acerbo del loro essere, mentre il loro esile busto, che faceva tutt'uno con il tronco saldamente ancorato al suolo, si rispecchiava nel laghetto circostante.

Evidentemente colpito dalla mia espressione allo stesso tempo sorpresa e incredula, Gustaf si voltò versò di me e disse: – Fa sempre un certo effetto vederle per la prima volta, vero? Anche per me è stato così. I tronchi si schiudono sempre nelle notti di luna piena e Karya, Kraneia, Morea e Ptelea compaiono come per magia. O forse si tratta per davvero di una magia.

– Sono quindi delle streghe? – chiesi a quel punto, sempre più incuriosito.

Gustaf mi rivolse un sorrisetto ironico e poi rispose – Ti sembra che fanciulle così avvenenti possano essere delle streghe? Certamente no, le streghe sono brutte e vecchie. In realtà sono ninfe, il cui nome è strettamente legato a quello degli alberi con cui condividono il corpo, in questo caso il noce, il corniolo, il gelso e l'olmo.

– Ma allora non possono muoversi liberamente? – domandai infine, desideroso di saperne sempre di più su quelle creature misteriose.

– Ti sembra che abbiano gambe e piedi per muoversi? – disse ancora Gustaf. – No, in effetti queste ninfe non possono camminare né correre liberamente come i comuni mortali ma le loro emozioni e i loro sentimenti sono gli stessi degli esseri umani: piangono amaramente quando le foglie dei loro alberi cadono oppure gridano di gioia quando arrivano le piogge primaverili a bagnare il loro fogliame ancora acerbo, favorendo così la germogliazione. Inoltre provano desiderio di vendetta verso coloro che osano minacciare o tagliare senza permesso i loro alberi e muoiono se muore l'albero a loro associato. E naturalmente, tra le altre cose, si innamorano.

Ci allontanammo cautamente dalla radura con gli alberi delle ninfe *Amadriadi* e, inoltrandoci nel folto del bosco, raggiungemmo infine la casupola in cui viveva Gustaf, una semplice struttura in legno col tetto di paglia. Entrammo e lui mi fece cenno di prendere posto su una delle due sedie intorno a un tavolaccio in legno di faggio, posto al centro.

– Vado giù in cantina a prendere una buona bottiglia di vino insieme ai bicchieri, aspettami qui – disse poi e, dopo aver aperto una botola situata in un angolo, sparì lungo le scale che lo avrebbero portato di sotto.

Io ne approfittai intanto per guardarmi intorno: a parte il tavolaccio con le due sedie, nella casupola erano presenti, come pezzo di arredamento, solo una vecchia brandina con una coperta e un cuscino, e accanto una stufa, che il padrone di casa alimentava con la legna da lui tagliata, quando aveva bisogno di riscaldarsi oppure di cucinare i cibi sulla brace. Le pareti erano spoglie, a eccezione di alcune fotografie di Gustaf immortalato mentre era al lavoro e anche insieme ad altre persone.

Una foto in particolare catturò la mia attenzione, quella in cui Gustaf posava al centro con la sua accetta in mezzo a due uomini: il primo, di mezza età, alla sua sinistra, doveva essere anch'egli un taglialegna, in quanto era vestito come lui e come lui teneva un'accetta in mano, il secondo, molto più giovane, alla sua destra, era invece vestito in maniera diversa, indossava una tuta da lavoro a salopette, macchiata da chiazze violacee, e alle mani aveva guanti da giardiniere. Decisi di osservare quest'ultimo con più attenzione, soffermandomi sul suo aspetto fisico e sui suoi lineamenti: di media altezza, fisico asciutto, aveva occhi e capelli scuri, e un paio di baffetti corti che spiccavano sul suo bel viso dalla carnagione olivastra. C'era qualcosa di ricercato in lui, al limite del sofisticato, e che tuttavia mi sfuggiva, in quanto a un primo sguardo la foto restituiva l'immagine di un uomo semplice e vestito modestamente.

– Stai guardando quella fotografia dove c'è anche Andreas? – chiese all'improvviso Gustaf, mentre procedeva verso di me con la bottiglia di vino in mano, dopo aver richiuso la botola. Mi girai di scatto e lui, cogliendo in me l'espressione tipica di chi è stato colto in flagrante, mi sorrise e poi mi fece cenno di sedermi. Ci accomodammo intorno al tavolo e lui versò nei bicchieri del vino rosso dall'aspetto vellutato e dal profumo intenso.

– Questo vino è il prodotto finale della coltivazione delle viti ad alberello presenti nella nostra regione. L'uva viene destinata ai processi di vinificazione, quindi trasformata in vino, e questo viene successivamente sottoposto a una lunga e accurata conservazione – spiegò Gustaf. – Alcuni vigneti ad alberello sorgono anche vicino alla radura dove adesso ci sono gli alberi delle ninfe *Amadriadi*, è proprio lì che lavorava Andreas tanto tempo fa.

– Andreas era dunque un viticoltore? – domandai incredulo. – Le sue fattezze e i lineamenti del suo volto, da quello che ho potuto vedere nella foto, rivelerebbero qualcosa di diverso. Ma non saprei dire cosa.

– In effetti le sue origini erano ben diverse – mi spiegò Gustaf. – Andreas era l'unico figlio di un'agiata famiglia della zona, che cadde in rovina a causa dei debiti di gioco accumulati dal padre, il quale, per questo motivo, si suicidò. Dopo la morte del padre, Andreas, rimasto solo, estinse tutti i debiti vendendo la sontuosa dimora di famiglia ma in seguito finì per strada e senza un soldo e dovette quindi adattarsi a svolgere i lavori più disparati per poter sopravvivere, tra cui anche quello di vignaiolo. Ed è così che accadde tutto.

– Che cosa accadde? – chiesi a quel punto, divorato dalla curiosità. – Ti prego, dimmi che cosa accadde ad Andreas. Non me ne andrò di qui finché non l'avrai fatto e, ad ogni modo, è notte fonda, se uscissi rischierei di essere sbranato dai lupi, quindi abbiamo tutto il tempo.

– E va bene – disse infine Gustaf. – Ma cerca di prestare attenzione a quello che ti racconterò e inoltre cerca di non addormentarti. Voglio spiegarti tutto nei dettagli.

– Hai la mia parola! – esclamai soddisfatto. Gustaf bevve un sorso di vino e quindi iniziò il suo racconto.

– Dicevo che Andreas lavorava come viticoltore nei vigneti ad alberello, i quali sopravvivono generalmente a condizioni di clima avverso e soprattutto di limitata disponibilità idrica. Nelle vicinanze c'è difatti solo un laghetto, quello intorno alla radura con gli alberi delle ninfe. A causa di questi presupposti sfavorevoli, le viti avevano a suo tempo uno sviluppo contenuto, producendo grappoli d'uva che rimanevano a lungo acerbi e che maturavano lentamente. Tuttavia l'amore di Andreas riuscì a rendere quei vigneti rigogliosi, la sua incondizionata passione per il lavoro fece maturare quegli acini e in breve tempo il vino proveniente da quei vigneti divenne uno dei più rinomati della regione. Andreas era riuscito a far prosperare la vita laddove questa aveva faticato ad attecchire. E non mi riferisco solo alle viti.

– Sì, non mi riferisco solo alle viti e ai deliziosi frutti che queste producevano – proseguì Gustaf – ma anche alla giovanissima fanciulla che un giorno apparve ad Andreas, quando il tronco di uno degli alberelli del vigneto improvvisamente si schiuse, svelando il suo corpo in tutta la propria rilucente bellezza. Si chiamava Ampelos. Si dice che il suo nome derivasse da quello di Ampelo, il satiro adolescente amato da Dioniso, dio del vino. E anche Ampelos era un'adolescente, una creatura acerba dagli occhi color ambra e dai capelli corvini, i cui lunghi riccioli ricadevano lungìo l'albero come fossero stati grappoli d'uva rampicante. Ampelos era parte integrante di un albero che produceva uva, era dunque una ninfa *Amadriade*.

– Andreas curò in un primo momento quella fanciulla insieme al suo albero con la stessa dedizione con cui aveva curato le altre viti e con la quale aveva fatto prosperare i vigneti. La *nutrì* col suo amore – disse a quel punto Gustaf. – E a poco a poco il corpo acerbo di quell'adolescente si tramutò nel corpo snello e perfetto, ma più maturo, di una splendida donna che iniziò a *nutrire* dei sentimenti per Andreas, cosicché tra i due scoppiò una passione travolgente. Tuttavia Ampelos non poteva camminare né correre, essendo legata all'albero della vite, e di conseguenza lei e Andreas non potevano amarsi liberamente, se non nei momenti in cui questi lavorava nel vigneto. Ampelos pregò quindi le divinità affinché non fosse più una ninfa e venisse trasformata in una creatura umana.

– E le divinità acconsentirono? – domandai io, divorato ormai da una curiosità incontenibile.

– Purtroppo no – rispose Gustaf. – La sua natura di ninfa non poteva essere mutata. Tuttavia acconsentirono a trasformarla in una ninfa *Driade*, in modo che non sarebbe più stata legata all'alberello della vite ma avrebbe potuto muoversi liberamente e unirsi con il mortale Andreas. Tutto questo è consentito alle ninfe *Driadi*, le quali, di fatto, sono sempre divinità degli alberi ma non fanno corpo con essi. Ampelos sarebbe stata una ninfa *Driade* per il tempo di un anno, al termine del quale sarebbe ritornata a far parte dell'albero della vite.

– Che cosa accadde durante quell'anno? – chiesi ancora a Gustaf e lui, sempre con quel suo sorrisetto ironico sulle labbra, replicò: – Non lo immagini? La risposta è semplice. Durante quell'anno magico, Ampelos ed Andreas si amarono perdutamente, correndo a perdifiato su e giù per le valli della regione, facendo il bagno nel laghetto attiguo ai vigneti, nutrendosi dei succosi frutti del bosco e attendendo ogni sera il calar delle tenebre per godersi insieme il chiaro di luna. Fino a quando il tempo a loro disposizione terminò irrimediabilmente e Ampelos tornò a essere la ninfa *Amadriade* che era sempre stata.

– E di Andreas che ne fu, invece? – domandai ancora.

Il volto di Gustaf improvvisamente si rabbuiò e poi disse: – Andreas non accettò mai di aver perso la sua amata Ampelos. Come creatura metà donna e metà albero i due non avrebbero più potuto amarsi come avevano fatto durante quell'anno. Andreas decise quindi di allontanarsi, abbandonando sia i vigneti sia il suo lavoro di viticoltore e andando via dalla regione, lontano, molto lontano, finché di lui si perse ogni traccia.

Si racconta che si perse nei meandri delle foreste di un paese ignoto e morì di stenti, dopo essere stato ripetutamente azzannato dagli animali selvatici. Naturalmente, senza le sue costanti e amorevoli cure, le viti che aveva lasciato iniziarono a perdere vigore e ad appassire, compreso l'albero di Ampelos, che si spegneva ogni giorno di più. E poiché, come ti ho già spiegato, se l'albero di una ninfa *Amadriade* muore, anche la ninfa associata a esso muore, Ampelos presto morì e si compì così il suo tragico destino e quello del suo amato Andreas.

Ero profondamente commosso. Cercavo disperatamente nella mia testa un qualsiasi appiglio, un qualsivoglia pretesto che potesse restituire la felicità ai due protagonisti della storia narrata da Gustaf. Mi vennero in mente invece le due entità fondamentali che dominano la vita di tutto ciò che esiste, compreso l'uomo: *Eros* e *Thanatos*. Era tra questi due concetti contrapposti che si erano svolte le vite dei due innamorati: da una parte, l'*Amore*, la forza capace di creare la vita, l'impulso che in questo caso aveva determinato lo sviluppo di Ampelos, e dall'altra la *Morte*, che genera invece la distruzione, ponendo fine a tutto, anche alla vita stessa. Infine mi tornarono in mente loro: Karya, Kraneia, Morea e Ptelea, le quattro ninfe viste quella stessa notte nella radura. Mi chiedevo se fossero a conoscenza della storia di Ampelos e Andreas e decisi dunque di domandarlo a Gustaf.

– La loro storia è nota a tutti in questa regione – rispose il taglialegna. – E naturalmente anche alle quattro ninfe *Amadriadi*. E questo le rende consapevoli del loro destino. A causa della loro giovanissima età le fanciulle sono ancora acerbe ma prima o poi arriverà qualcuno che le nutrirà col proprio amore e loro lo ricambieranno, presto diventeranno delle donne incantevoli che vivranno per amare e ameranno per vivere, così come è accaduto ad Ampelos tanto tempo prima. E poi le divinità le doteranno di gambe e piedi, anche se non per sempre, e così potranno danzare tutte insieme in cerchio al tramonto, viste dalle altre creature del bosco, tenendosi per mano e intonando inni per celebrare il ciclo della Vita. Poi un giorno arriverà la Morte e porterà tutto via con sé, compresa la Vita stessa, e tutto finirà inesorabilmente. Così si compirà il loro destino, lo stesso di ogni altra creatura mortale, compresi gli esseri umani.

Ero completamente travolto dall'emozione e questo provocava in me una sorta di stordimento. Mi sentivo frastornato e così chiusi gli occhi. Sentii le palpebre investite dal piacevole tepore dei raggi del sole che filtravano attraverso una delle finestrelle poste in alto nella casupola. Fuori stava albeggiando, era ora di tornare a casa. Salutai Gustaf e mi incamminai nel bosco alla ricerca del mio cavallo, che avevo lasciato legato a un tronco la sera prima. Sentii nel frattempo alcune gocce di rugiada cadere dal fogliame degli alberi e inumidirmi il volto. Mi sembrava come se la Natura stesse creando delle lacrime sul mio viso, dopo che avevo udito quella meravigliosa storia di Vita, Amore e Morte. Non l'avrei dimenticata. Non avrei dimenticato Andreas, Ampelos e le ninfe al chiaro di luna.

Faber e Demis, storia di un'amicizia magica

di Silvana La Moglie

In un paese sconosciuto vivevano due giovani elfi: Faber Fastel e Demis Latour, che si odiavano dall'infanzia per questioni così antiche che neanche loro ricordavano. Per uno scherzo del destino, la Madonna del Lago ghiacciato gettò in aria due poteri fondamentali: il vento e la tempesta. Mentre il primo cadde su Faber il secondo investì Demis. Quando i due capirono che questi poteri non funzionavano l'uno senza l'altro, iniziarono i guai. Camminavano, si guardavano in cagnesco e nascevano dalle loro figure i fulmini; quando Faber si arrabbiava gli spuntavano delle nuvolette rosse o bianche, mentre quando era Demis ad arrabbiarsi spuntavano nuvolette nere. La gente che li vedeva rideva e al tempo stesso ne provava timore; questo li fece odiare ancora più di prima fino a farli allontanare. Un giorno litigarono così tanto che distrussero il villaggio: chiesero scusa ma non servì. Tutti davano la colpa a loro, mentre loro se la davano a vicenda.

Furono esiliati dal villaggio e da quel momento furono costretti a nascondersi nella foresta.

Un giorno, Faber disse: – Io non ne posso più di stare con te...

E Demis rispose: – Ah, perché, io?

Faber lo fulminò con uno sguardo che scatenò la sua ira dandogli un pugno sonoro che lo stese e gli gridò: – Ma io dico, con tutti gli elfi che ci sono proprio tu dovevi essere il mio compagno d'avventura e per giunta mio coetaneo?

Lui non rispose. E così si separarono e mentre uno prese la strada di destra, l'altro prese quella di sinistra.

Faber continuò per la sua strada e si fermò davanti a un lago ghiacciato per dissetarsi. Lì trovò una pozza d'acqua pura e bevve, poi si sedette e si mise a meditare. All'improvviso una donna stupenda spuntò dalla superficie ghiacciata e Faber s'incantò.

La donna disse con voce suadente e tintinnante: – Chi sei tu? Tu che profani il mio lago e che disturbi la mia quiete?

Faber balbettò: – S... so... sono F... Faber Fastel, Madonna.

E lei: – Sei quello che possiede uno dei due poteri, dunque?

E lui, pensandoci un po' su, disse: – Sì. – Quindi continuò: – Dunque, Madonna, è lei che ha provocato il mio odio verso Demis.

E lei: – Chi è Demis, quello del vento?

E Faber: – No, quello della tempesta. Io sono il vento.

– Sai, mi sento in colpa... Per ripagarti di quello che ho fatto, ti concedo di chiedermi tutto ciò che vuoi e io lo esaudirò, se posso. Avanti, chiedi pure.

E Faber: – Liberami! Liberami da questo potere – le ordinò.

Lei gli rispose: – Mi spiace, questo io non posso farlo. Potete solo tu e l'altro. Insieme.

La Madonna del Lago ghiacciato sparì; lui rimase lì a pensare.

Nel frattempo, Demis, lungo la sua strada, incontrò uno strano signore che gli fece, sussurrando: – Psst, psst, ehi tu, vieni qua!

Demis si avvicinò e il tipo gli disse, sempre a bassa voce: – Ma tu sei Demis della tempesta?

E lui annuì.

Il tipo gli disse ancora: – Io sono lo Stregone del Ghiaccio. La mia sorellastra, la Madonna del Lago ghiacciato vede sempre nero. È da quando siete piccoli che mette zizzania tra di voi.

Demis fece: – Aspetta, aspetta un attimo, vuoi dirmi che la tua sorellastra è la causa dell'odio tra me e Faber?

Lo Stregone annuì.

Demis gli chiese: – Come faccio a liberarmi di questi poteri e a rimuovere l'odio che ho per Faber?

Lo Stregone disse: – Dovete sconfiggere mia sorella, così io prenderò il suo posto e sarete liberi entrambi.

Demis accettò e iniziò a setacciare tutta la foresta alla ricerca del suo amico-nemico Faber. Lo trovò su un sasso a meditare.

– Cosa ci fai qui? – chiese Faber.

– So tutto – rispose Demis.

Gli spiegò la faccenda della Madonna del Lago ghiacciato, dell'incontro con lo Stregone e di come avrebbero potuto essere liberi. Faber non ci credette all'inizio, ma poi chiese: – Come facciamo a combattere?

Lo Stregone, che era appena arrivato, disse: – Vi aiuterò io.

Così insegnò loro come usare in combattimento i loro rispettivi poteri. La battaglia durò tre giorni ma a loro erano sembrati anni. I fulmini e il vento violento di Demis e Faber, uniti per una volta e non in conflitto, insieme alla magia bianca dello Stregone sconfissero la Madonna del Lago ghiacciato. E quando ella scomparve e lo Stregone prese il suo posto sul trono di ghiaccio, insieme a lei se ne andarono via anche l'odio tra i due giovani e i loro poteri.

I due ragazzi erano increduli e storditi dalla loro prima battaglia e dalla loro liberazione. Si abbracciarono e piansero come due bambini. Lo Stregone, per ringraziarli, offrì loro due nuovi poteri più *leggeri* ma essi rifiutarono perché avevano scoperto che l'amicizia con la A maiuscola tra loro c'era sempre stata ma fino a quel momento non l'avevano capito.

Da quel giorno vissero separati dal villaggio ma vicini alla foresta in modo da poter andare ogni tanto a trovare il loro unico amico in comune: lo Stregone. Grazie a lui avevano compreso il significato della la parola *amicizia* che, quando è vera, vince su tutto. Sempre.

Brividi Horror

"Olocausto" (Yami)

La moglie testarda

di Yami

– Tesoro, sono tornato!

– Richard, amore, sei tu? Sei tornato prima del solito! Tutto bene oggi in ufficio?

– Sì, solite cartacce da compilare. Ma dove ti sei nascosta?

– Sono qui in cantina!

– E che ci fai lì sotto, al buio?

– Ero scesa per mettere via le decorazioni di Natale, ma la lampadina si è fulminata e sono rimasta bloccata in mezzo agli scatoloni. Per fortuna sei arrivato.

– Dovresti fare più attenzione quando scendi laggiù e portare sempre con te una torcia, per ogni evenienza. Immagina se fossi scivolata mentre scendevi le scale: avresti potuto romperti l'osso del collo. Aspetta, prendo la pila dal ripostiglio e scendo a darti una mano.

– Ok, fai presto, mio eroe!

Toc toc toc.

– Accidenti, chi è che bussa proprio adesso? Tesoro, aspettavi qualcuno?

– Come dici?

Toc toc toc.

– Un momento!

– Sbrigati, Richard, comincia a fare freddo qui sotto!

– Aspetta, tesoro, stanno bussando alla porta. Arrivo subito!

– Lascia perdere, dai, scendi!

– Non essere sciocca, faccio in un attimo.

Toc toc toc.

– Eccomi, sto aprendo!

– Santo cielo, Richard, quanto ci voleva? Con chi cavolo stavi parlando?

– Laura? Ma tu che ci fai qui?

– Come sarebbe a dire che ci faccio qui? Ero andata a fare la spesa. Rientrando ho visto la tua auto parcheggiata nel vialetto e ho immaginato che fossi tornato prima del solito. Allora, mi fai entrare o hai intenzione di lasciarmi sulla porta d'ingresso? Questi pacchi pesano un quintale!

– Non è possibile.

– Non è possibile cosa? Si può sapere che hai? Cos'è quella faccia sconvolta?

– Laura, stavo parlando con te poco fa.

– Ma che dici? Quando?

– Adesso, ti dico.

– Sei impazzito?

– Ascolta: sono entrato appena dieci minuti fa. Ho salutato come sempre e tu, perché era la tua voce, mi hai risposto dalla cantina, dicendomi di venire ad aiutarti perché si era fulminata la lampadina ed eri rimasta bloccata lì e al buio, così stavo per scendere, quando qualcuno ha bussato, cioè tu! Ma se sei qui fuori, con chi cavolo ho parlato per tutto il tempo?

– Questa è in assoluto la cosa più assurda e fuori di testa che tu abbia detto da quando siamo sposati. Forse sei solo stressato.

– Ti giuro che è la verità! E non sono stressato. Non più del solito, almeno.

– Va bene, ti credo, non ti agitare! Facciamo una cosa: intanto adesso mi lasci entrare, così metto la roba da mangiare in frigo prima che vada a male e poi andiamo giù a controllare, ok?

– Dove vai? Fermati! E se fosse un'estranea che si è introdotta in casa ed è armata? Tra l'altro da come ha parlato sa il mio nome, conosce le nostre abitudini, potrebbe essere una stalker che ci spia da tempo e magari non è nemmeno sola. Non dovremmo chiamare la polizia? Io non ci scendo lì sotto.

– Oh, non fare il coniglio, Richard! Sempre ammesso che ci sia davvero qualcuno là sotto e che tu non ti sia immaginato tutto, è praticamente in trappola, non ci sono vie di fuga e di sicuro conosciamo queste quattro mura meglio di lei o di loro.

– E se fosse armata? Sii ragionevole e dammi retta: chiamiamo il 911!

– E farci prendere per esauriti dai vicini e magari farci rilasciare una bella multa per aver scomodato la polizia senza motivo?

– Quindi non mi credi!

– Maledizione, Richard! Se hai paura, vado avanti io.

– Santo cielo, devi sempre fare di testa tua!

* * *

– E poi? Cos'è successo?

– Niente. Non me lo so proprio spiegare.

– Continui, la prego.

– Laura era così cocciuta, testarda, doveva sempre agire per conto suo. Dopo aver messo parte della spesa in frigo ha lasciato il resto sul tavolo e si è avviata verso l'ingresso della cantina, senza alcuna esitazione. Mi stava ancora riprendendo perché secondo lei avevo avuto una sorta di allucinazione uditiva per via di un esaurimento nervoso e ne stavo facendo una questione di stato, quando avrei semplicemente dovuto prendermi un permesso dal lavoro e rilassarmi per qualche giorno. Non ho fatto nemmeno in tempo a risponderle.

– È stato allora che l'ha vista?

– Sì.

– Ce la può descrivere nuovamente? Sa, dobbiamo metterlo agli atti.

– Una mano nera è sbucata dal buio, l'ha afferrata per il collo e l'ha trascinata dentro. Laura non ha neanche urlato. È sparita così. Sono rimasto totalmente spiazzato. Penso di essermi paralizzato per una frazione di secondo. Poi mi sono precipitato in avanti. D'istinto ho schiacciato il pulsante della luce e la cantina si è illuminata. Dentro non c'era nessuno. Quella cosa che si era spacciata per Laura mi aveva mentito per attirarmi lì dentro. Il ritorno tempestivo di mia moglie le ha impedito di prendermi, ma in compenso ha portato via lei.

– Capisco.

– No, non credo affatto!

– La prego, si calmi.

– So cosa state pensando voi poliziotti: "quest'uomo è pazzo, magari la moglie lo ha mollato per fuggire con l'amante". Ebbene, vi sbagliate! So cosa ho visto e non ho nessuna intenzione di tornare in quella casa. Non mi lascerò prendere da quella cosa.

– Stia tranquillo. Dovrà seguirci in centrale per firmare la sua deposizione, dopodiché cercheremo di aiutarla. Intanto i nostri colleghi verranno ad applicare i sigilli alla casa, che come da prassi verrà posta sotto sequestro per svolgere le dovute indagini.

– Che ne sarà stato di Laura? Pensate sia ancora viva? L'avrà uccisa o peggio? Dovete tenermi al sicuro, ho paura che possa venire a cercarmi.

– Non si preoccupi signor Swan, nessuno le farà del male finché sarà sotto la nostra custodia. Faccia attenzione alla testa mentre sale in auto. Ecco bravo, così. Vedrà: adesso sì che è in *buone mani*.

Il dubbio di Agnese[1]

di Sabina Moretti

I parenti sono come le scarpe:
più stretti sono, più male fanno.
Proverbio

Domenica mattina Agnese cerca un motivo per non uscire, ma non ne trova, allora prende l'ansiolitico che assume da quando è morto il padre, indossa la camicia di seta rosa antico e il tailleur grigio pallido e scopre che è diventato largo. Al collo mette il filo di perle e ai piedi le scarpe con il cinturino alla caviglia. Guardandosi allo specchio prova qualche sorriso ma le sembrano tutti inutili e poco spontanei. Esita a uscire e si arrotola i capelli con un dito, come fa fin da bambina. Allora toglie e infila le scarpe due volte, per assicurarsi che i piedi non stiano scomodi, ma ammette con rammarico che così non è.

Sono sei mesi che Agnese evita quel pranzo in famiglia ma sa che un ulteriore rifiuto darebbe adito a critiche e pettegolezzi. Le zie sono fatte così. Sentendo la

[1] Per gentile concessione di Edizioni Dialoghi. Il racconto "Il dubbio di Agnese" fa parte della raccolta, di prossima pubblicazione, *Il silenzio* di Sabina Moretti (pp. 114, 13,00 euro).

pendola dell'ingresso scandire il mezzogiorno, si rassegna al momento di uscire e di sottoporsi alla valutazione delle zie Ruggeri.

Oltre a Delia e Dalila, le zie, trova ad attenderla anche il cugino Dario, con la moglie e i due figli. Il cugino è un uomo alto e belloccio che ama vestire in modo elegante, con scarpe firmate, orologio d'oro al polso ed è sempre alla guida di macchine costose. La moglie, in tutto simile a lui, indossa abiti di sartoria, strepitosi tacchi a spillo e frequenta il parrucchiere a giorni alterni. Oggi sfoggia una preziosa collana e due orecchini con diamanti e Agnese, salutandola, si chiede di sfuggita dove prendano i soldi per quel tenore di vita, ma non ricorda che lavoro faccia il cugino.

Dopo pranzo, seduti in giardino a prendere il caffè, Agnese diviene il centro dell'attenzione. La zia Delia, con in braccio il gatto persiano bianco, assume il compito di condurre la conversazione e, circondando la nipote di affettuose attenzioni, indirizza le domande di tutti. Le richieste diventano incalzanti e vieppiù dettagliate e Agnese, sorpresa dalla premurosità dei parenti, racconta di essere sempre stanca e che no, non è fidanzata e rassicura i familiari che l'azienda è in buona salute. Quando si accorge che, nonostante le sue risposte, gli occhi strabici della zia Dalila sembrano guardarla con astio, desidera fuggire da quella casa.

"Non si guarda così una nipote. O forse sta guardando la moglie di Dario?" pensa impaurita e chiede che sia chiamato un tassì. Il cugino Dario, vedendola pallida, si offre di accompagnarla e, dopo un attimo di esitazione, Agnese accetta. È la prima volta che Dario si dimostra premuroso e lei, accettando l'offerta, supera quel senso di diffidenza che fin da piccoli ha nutrito verso il cugino.

Rimasta sola nella grande villa Ruggeri, Agnese tutti i pomeriggi si occupa degli effetti personali dei familiari. Dopo la morte cruenta dei due fratelli, della madre, morta di disperazione, e ora del padre, per un improvviso e inguaribile tumore, il desiderio di riordinare la casa è l'unico che ancora la mantiene attaccata alla vita. Perdendosi nei ricordi rivede tutti i filmati di famiglia, venti anni della loro vita insieme, miscelando sorrisi a lacrime di tristezza.

Due settimane dopo il pranzo in famiglia, sta guardando il film girato il giorno della morte dei fratelli, quando qualche cosa la spaventa.

– Ma dove ho messo le pasticche? – mormora affrettandosi verso la sua camera.

Sposta gli oggetti sul comodino, poi tutti quelli sul cassettone e, non trovandole, corre in bagno. Una goccia di sudore le scende dalla fronte sul naso e lei la scaccia con fastidio. Eccole lì, sul lavandino. Ne prende due e le inghiotte bevendo acqua direttamente dal rubinetto, quindi con passi insicuri raggiunge la poltrona vicino alla finestra della sua camera. È confusa, non capisce cosa sia accaduto.

Un movimento sfuggito alla ripresa? Un riverbero di luce? Ma allora perché tanta paura?

Il trillo del campanello della porta di casa la distrae dall'ansia e, raggiunta la porta di ingresso, trova Dario ad attenderla, con un ampio sorriso sul volto.

– Ciao cugina, oggi ho finito di lavorare prima del solito e sono passato a trovarti!

– Grazie Dario, non immaginavo che tu...

– Agnese, sei verde! Ti è successo qualcosa? – Dario fa due passi e entra in casa, senza attendere il permesso di farlo. Ma Agnese, ancora agitata, non nota quella intromissione.

– Ho rivisto i video della famiglia e... sono turbata.

– Perché?

– Ho visto una cosa che non ho capito. Una sensazione, un gesto.

– Una sensazione? Ma cosa dici... – Dario sembra spaventato e Agnese, condividendo in cuor suo quel sentimento, prende una ciocca di capelli e l'arrotola su un dito.

– Sì, l'idea di un un'azione... ma poi non l'ho più ritrovata.

– Andiamo a vedere il video – sollecita Dario, controllando l'ora sul suo orologio d'oro. – Posso stare mezzora.

Nello studio le finestre sono rimaste chiuse e i due cugini, seduti vicini sul divano, fanno scorrere il filmato.

– Ecco deve essere qui, è quando Carlo e Giorgio stanno andando a prendere la macchina... è l'ultima immagine che abbiamo di loro. Mia madre ha visto questa ripresa centinaia di volte, noi volevamo che smettesse. Poi è morta di crepacuore. Ma questo già lo sai – conclude Agnese appoggiandosi allo schienale del divano.

– Non sapevo che guardasse sempre questo video... – mormora Dario.

– Non scherzare! Lo sapevano tutti, era un segreto di famiglia, no? Stava impazzendo. Come sta accadendo a me – risponde Agnese.

– Di cosa parli? – Dario si alza e resta in piedi davanti a lei.

– Forse ora so perché mia madre è morta consumata. Aveva un dubbio e ora il dubbio è mio.

Riavvia il nastro per vederlo di nuovo.

– Guarda, guarda qui... la vedi l'aria che si muove? – chiede speranzosa Agnese.

– No.

– Riproviamo.

Ripercorrono il filmato cinque volte.

– Eccola, l'hai vista?! – Agnese salta sul divano per l'emozione di averla ritrovata.

– No. Scusa, ma no.

La secca voce del cugino la coglie impreparata e si volta a guardarlo mentre lui accavalla le gambe indispettito, mostrando un bellissimo paio di scarpe nere lucide.

– Ma sì, guarda ancora! – insiste Agnese afferrando una ciocca di capelli con due dita e arrotolandoli.

Dario insiste nel dire che non vede nulla.

– Ora spegni il video e raccontami che cosa hai visto.

– Qualche cosa si è mosso vicino alla macchina... L'incidente, hanno detto che la macchina ha avuto un guasto ma era completamente distrutta. Ricordi? Che orrore... – Mentre la sua voce si spegne, le lacrime riempiono i suoi occhi.

– Basta Agnese, basta, smettila. Domani andiamo dal dottore. Non puoi restare in questo stato.

La grande villa Ruggeri è sempre buia e silenziosa perché la maggior parte delle stanze è chiusa. Una sera Agnese, sdraiata sul letto, sente un rumore e sospetta che qualcuno si aggiri per casa. Si affaccia sul corridoio e nella penombra le sembra di vedere qualcuno muoversi.

"Sto veramente diventando pazza, ora ho anche le allucinazioni".

Torna a letto, prende una ciocca di capelli e la porta fino alle labbra per succhiarla. Tranquillizzata da quel gesto, si addormenta.

La mattina dopo, mentre prepara la colazione, ancora una volta ha l'impressione che qualcuno si muova in giardino. Apre la porta finestra e guarda fuori ma non trova nessuno. Vede però gli attrezzi da giardinaggio buttati a terra davanti alla porta della cucina, ma quello non è il giorno del giardiniere.

Preoccupata, telefona al cugino.

Dario ascolta in silenzio e risponde che forse lei non ricorda di aver spostato gli attrezzi la sera prima.

– No, risponde Agnese, non l'ho fatto – e la sua voce non ammette repliche.

– Agnese, ma tu vivi sola, chi vuoi che sia stato? – replica Dario accorato.

– Non lo so.

– Hai preso le medicine ieri sera?

– Sì.

– Più tardi passo, ora stai tranquilla.

Il cugino Dario ha preso l'abitudine di passare la sera, prima di rientrare a casa. Le tiene compagnia bevendo insieme un aperitivo.

Quella sera Dario le suggerisce di prendere qualcuno a vivere con lei, ma Agnese si rifiuta.

– Mamma! Cosa fai seduta nel buio?... sei tornata?

La donna è seduta sulla poltrona in salotto, appoggiata al cuscino fiorito, come era solita fare. Nel buio della sera Agnese vede solo i contorni della figura ma non ha dubbi che quella donna seduta nell'angolo vicino alla finestra sia la madre. I capelli raccolti dietro la nuca, la gonna lunga e morbida, il piede che dondola poggiato sul tacco e la lunga collana con la quale giocherella con la mano sinistra. È la mamma.

La donna rimane in silenzio ma, all'avvicinarsi di Agnese, si alza, fa un cenno di saluto con la mano e scompare in giardino, perdendosi nella notte.

La sera seguente racconta a Dario l'accaduto ma lui non le crede: – Hai sognato, forse stavi dormendo a occhi aperti – afferma senza dar segno di voler proseguire la conversazione.

Terminato il bicchiere di Porto che sorseggiano, Agnese sente salire una sonnolenza improvvisa, sbadiglia in faccia al cugino e porta una ciocca di capelli alle labbra.

– Sei stanca, cara, ti lascio, vai a riposare. – Dario porta i bicchieri in cucina, li sciacqua con cura e li colloca nella scansia.

Agnese lo lascia fare e, senza accompagnarlo alla porta, si avvia verso la sua camera.

Qualche sera dopo, in giardino due figure giocano a pallone e Agnese le nota dal primo piano. Scende in fretta le scale, le vede ancora passando davanti ai finestroni chiusi del salotto ma quando esce dalla porta finestra della cucina non ci sono più. Anche il pallone è scomparso. Allora Agnese si siede e piange a lungo.

"Sono allucinazioni, non è vero nulla di quello che vedo. Carlo e Giorgio sono morti e non torneranno più. Agnese, svegliati, i loro corpi sono bruciati, non possono essere loro quelli che hai visto!"

Corre in bagno e prende due pasticche di ansiolitici, poi si lascia cadere sul letto sfinita e si addormenta vestita.

Dario la accompagnò di nuovo dal dottore e Agnese raccontò anche a lui delle visioni e di come non facesse mai in tempo a raggiungerle, perché apparivano solo quando era lontana da loro.

– Dottore sto impazzendo?

– Cara signora, lei ha un fortissimo esaurimento, non sta impazzendo, ma non dubito che a lei la sua condizione appaia in tale modo. Ora le prescrivo una cura e la deve seguire senza errori.

Agnese seguì scrupolosa le indicazioni del dottore e ogni sera il cugino passava a controllare che lei avesse preso i farmaci, si fermava a bere qualche cosa con lei, poi ripuliva bicchieri e tazze e la lasciava andare a letto. La sera Agnese era sempre sfinita e a volte si addormentava mentre lui era ancora seduto in poltrona.

Dopo un mese dall'inizio della cura Agnese non fu più in grado di lavorare. Passava il tempo tra il sonnecchiare e il trascinarsi per casa, non incontrava più nessuno e se non fosse stato per il cugino, sarebbe scomparsa nel nulla anche lei, come le sue visioni.

Il notaio Urzi, un amico di famiglia che aveva affiancato Agnese da quando era morto il padre, suggerì a Dario di aiutarlo nella cura del ricco patrimonio.

– Signor Notaio, capisco che lei non voglia restare unico responsabile del patrimonio e che io, in qualità di parente più prossimo, ho il dovere di accettare. Ma lo faccio a malincuore, non vorrei che Agnese fosse in questa condizione e, inoltre, ho molti impegni. Questa è una grande responsabilità. – Prese la penna e firmò l'accettazione dell'incarico di Vicepresidente della Società Ruggeri.

Pochi giorni dopo, sorseggiando un aperitivo analcolico in compagnia del cugino, Agnese affermò: – Ho rivisto il video oggi. C'è un riverbero di luce... su una scarpa lucida, nera e un orologio d'oro al polso... nell'aria.

– Agnese ti sbagli, non c'è nulla in quel video. – La voce di Dario suonò cattiva ma Agnese, troppo isolata nel suo pensiero, non riconobbe quella intenzione.

– Ti dico di sì. Un orologio d'oro e una scarpa.

Sono trascorsi tre mesi, Agnese è molto dimagrita e ogni giorno è più debole e triste. Nonostante la cura, le allucinazioni non sono cessate e la giovane ha preso l'abitudine di parlare con loro.

Sono tutti lì, intorno a lei: la madre, il padre e i fratelli.

Ogni pomeriggio Agnese si siede nella penombra del salotto e attende. I fantasmi, puntuali, entrano dalla finestra del giardino, silenziosi come piume, uno dopo l'altro e l'ultimo a entrare accosta le tende per oscurare la stanza. Il fratello Carlo prende un libro dalla libreria, ha sempre amato leggere, e Giorgio, che preferisce fare i solitari, prende le carte che Agnese poggia per lui sul tavolo, sedendosi a comporre uno schema di gioco. La madre si sistema nella poltrona vicina alla finestra, allunga le gambe e resta in attesa, offrendo ad Agnese il suo profilo, mentre il padre cammina su e giù davanti alle cortine serrate. Senza avvicinarli, Agnese passa il tempo a parlare, lieta di ripercorrere le vicende della loro vita. I fantasmi la ascoltano restando distanti e nella penombra.

– Papà, ricordi quando siamo andati in vacanza a Ischia? – chiede Agnese una sera.

– Sì, eravate dei bambini bellissimi – risponde una voce scura.

– Eravamo tutti abbronzati e i capelli erano diventati chiari, chiari! Sembravamo degli stranieri.

– Non ricordo grandi divertimenti – interviene Giorgio.

– Perché tu eri il più piccolo e non puoi ricordare – interviene la madre.

– Mamma, non stai bene? Hai la voce così bassa – chiede Agnese.

La donna si schiarisce la voce e dice: – Sì, ho un poco di raucedine.

Il padre si avvicina alla madre e sussurra alcune parole.

– Cosa le hai detto? – chiede Agnese.

– Nulla, solo di riguardarsi la voce, altrimenti domani non potrà parlare – dice il padre riprendendo a camminare davanti alle tende.

– Mi mancate tanto, mi sento così sola – mormora Agnese. Il pianto le fa chinare le spalle e poi i suoi singhiozzi riempiono il silenzio della camera.

Giorgio e Carlo la guardano, il padre si arresta nel buio delle tende ma la madre si alza, le va vicino e le fa una carezza sulla testa. Agnese fa per prendere la mano della donna ma quella si è già allontanata e i quattro escono dalla finestra scomparendo nella notte.

La sera, dopo i fantasmi, arriva Dario. Ogni settimana porta una confezione di aperitivi, la mette in frigo e prepara il vassoio con i bicchieri.

– Agnese, che ti è successo? – Dario è appena entrato in casa e la ragazza è distesa a terra in fondo alla scala.

Si china a toccarla, capisce che è svenuta e che cadendo ha battuto la testa. Le da qualche buffetto sulle guance per farla riprendere ma lei non dà alcun segno di risposta e allora lui chiama un'ambulanza. La fa portare nella clinica di fiducia di famiglia, dove sono nati tutti loro e dove è stata ricoverata la madre di Agnese.

Agnese non rinviene, né quel giorno, né i seguenti.

Dario continuò ad andare a trovare Agnese tutte le sere dopo il lavoro, portando con sé la sua elegante borsa di pelle morbida. Si fermava una mezzora per parlarle sottovoce, ogni tanto le accarezzava una mano, o sistemava il cuscino o le cannule che la nutrivano. Aveva anche cura di controllare il calendario delle analisi e si teneva aggiornato sul loro esito. Il personale della clinica, sorpreso dalla costante premura che quell'uomo così elegante e distinto dimostrava verso la cugina, prese l'abitudine di lasciarli soli nella loro intimità e organizzò i turni di accudimento di Agnese sull'orario delle sue visite.

Passarono due anni e i medici dissero che Agnese non si sarebbe più svegliata, sarebbe rimasta un vegetale. Dopo questo verdetto, Dario e le zie decisero di portarla in Svizzera e di darle la dolce morte.

– È giunta l'ora. Procediamo? – chiede a Dario il medico in camice bianco.

– Procedete.

"La voce di questo uomo non mostra alcun segno di emozione, proprio come farebbe un vero uomo d'affari informato di aver perso tutto il suo patrimonio" pensa ammirato il dottore.

– Dove ha messo quel maledetto video?! – La voce stentorea di Dario risuona nella casa vuota.

Affannato, fruga nei cassetti della scrivania di villa Ruggeri e piccole gocce di sudore imperlano la sua fronte mentre rovescia sul pavimento il contenuto di un cassetto.

– Eccoti qui, ti ho trovato!

Afferra il video dei cugini Carlo e Giorgio e la mano trema mentre lo guarda con timore.

– Tu sei l'unica prova. Se quella sciocca di Agnese non avesse insistito a volerti vedere e rivedere, non avrebbe capito e forse sarebbe ancora viva – getta a terra il DVD e lo distrugge schiacciandolo più volte sotto il tacco della scarpa. Poi con il fazzoletto di batista si asciuga la fronte, lo ripone ben piegato in tasca e, sistemata la cravatta, si accomoda alla scrivania raddrizzando la schiena.

– Ora rimane un'ultima cosa da fare – dichiara Dario alla stanza vuota.

Apre la cassaforte che, alle sue spalle, è nascosta nello sportello della libreria e ne estrae quattro voluminosi pacchetti di denaro. Il compenso per i fantasmi.

Coinquilini

di Yami

Vivevamo tutti e sette sotto lo stesso tetto da un paio di mesi, e già sin dal primo momento in cui ci ritrovammo insieme in salotto non ci fu chissà quale grande interazione tra noi: solo poche battute di circostanza scambiate per riempire un silenzio fin troppo imbarazzante, frasi smozzicate e monosillabi. Poi ognuno si rifugiò nella propria stanza.

Quella volta capii subito che ciascuno dei miei coinquilini era approdato qui per ragioni diverse ma egualmente di controvoglia. Probabilmente quest'appartamento malridotto era il massimo cui potevano aspirare con le scarse risorse economiche che avevano a disposizione.

Per me era diverso: ero arrivato molto tempo prima di loro, mi ero abituato all'ambiente umido e scarsamente illuminato, all'odore di muffa di cui erano impregnate le pareti. In poche parole, mi ero affezionato a quella che oramai consideravo a tutti gli effetti *casa mia*.

Dopo un periodo di calma apparente, gli altri iniziarono a mormorare tra loro di strani avvenimenti, di scricchiolii sinistri che udivano sia di giorno che in piena notte, di porte lasciate aperte che si richiudevano da sole, di oggetti che si spostavano. Erano convinti che l'appartamento fosse infestato. Secondo me si stavano facendo suggestionare ma non volevano ascoltarmi.

In breve tempo divennero emotivamente instabili e iniziarono gli incidenti.

Il primo, ossessionato dall'idea di essere costantemente osservato e pedinato, un bel giorno diede di matto, iniziò ad accusare i compagni di stargli col fiato sul collo, di tramare alle sue spalle e mentre era in preda al delirio aprì la porta-finestra e si lanciò di sotto, morendo sul colpo.

Il secondo ogni volta che chiudeva gli occhi era perseguitato da incubi agghiaccianti in cui assisteva alla propria morte nei modi più atroci. Non riusciva a riposare adeguatamente nonostante la stanchezza e lo stress: una sera ingoiò un'intera confezione di sonniferi e non si risvegliò più.

Il terzo ci lasciò per uno shock anafilattico procurato dalla puntura di uno stranissimo insetto, simile a un calabrone ma di colore rossastro.

Il quarto e il quinto rimasero folgorati in seguito a un'incredibile sequenza di sfortunati eventi che vedevano coinvolti uno stereo, un computer portatile e un'inspiegabile infiltrazione d'acqua che si era allargata dal bagno fino alle pareti e alle prese elettriche delle loro camere da letto.

Il sesto, ormai convinto si essere vittima di una maledizione da cui non avrebbe potuto liberarsi, decise per la più classica delle uscite di scena, impiccandosi al lampadario del salotto con la cintura dei pantaloni.

Così sono rimasto da solo, di nuovo, a *casa mia.*

A dire la verità speravo in un risultato diverso. Mi aspettavo che dopo aver provocato la loro morte in modi così violenti, fantasiosi ed efficaci i loro spiriti sarebbero rimasti qui, con me, così finalmente sarebbero stati in grado di vedermi e sentirmi e non mi avrebbero più ignorato come prima.

Pazienza. Forse avrò più fortuna con i prossimi coinquilini.

Biancospino

di Ida Daneri

May sbuffò scendendo dall'auto. Il capo le aveva appioppato l'incarico all'ultimo momento, una telefonata fulminante e misteriosa mentre stava per uscire dalla redazione per godersi l'agognato fine settimana.

Sbatté la portiera, una silenziosa imprecazione tra i denti. Altro che sensazionale intervista e un passo avanti nella carriera! Era solo un vecchio professore in pensione, scomparso da decine di anni dalle prime pagine dei giornali dopo aver fatto qualche cavolo di scoperta scientifica ormai superata da tempo.

Sbuffò di nuovo: aveva di meglio da fare, il venerdì sera, che recarsi in una fatiscente villa di periferia mentre il sole tramontava.

Dove diavolo era il citofono?

Di là dall'inferriata del cancello notò, nel crepuscolo incipiente, un grande giardino mal tenuto, il viale d'accesso invaso dalla vegetazione come se da anni nessuno fosse mai passato di lì. Di certo non un'automobile.

Sempre più spazientita, percorse il marciapiede lungo il muro perimetrale cercando l'entrata pedonale. Eccola!

Un cancelletto, edera e rampicanti vari abbarbicati alle eleganti aste brunite. Dietro, solo vegetazione disordinata e ammassata, il lastricato del vialetto sommerso da erba e cespugli. Il citofono c'era, targa d'ottone opaca con nome illeggibile e bottone istoriato consumato dal tempo.

Era ormai convinta di essere arrivata all'indirizzo sbagliato, quando la serratura girò con uno scatto metallico e la grata dell'ingresso arretrò, magicamente, permettendole di entrare mentre l'ultimo raggio di sole sfiorava le cime delle piante oltre il muro di cinta.

Avanzò a fatica, tra grovigli d'arbusti troppo cresciuti, il vialetto che somigliava al sottobosco, ricoperto da uno spesso strato di aghi di pino. Qua e là qualche rametto spinoso si agganciava all'orlo della gola e un pruno attentò all'integrità dei suoi collant. S'inoltrò circospetta in quella specie di grotta vegetale, di cui non scorgeva l'uscita, che aveva avviluppato il vialetto d'entrata, maledicendo tra sé il suo capo.

Infine, l'intrico di vegetazione si diradò e un largo spiazzo – qualche anno prima un prato ben curato, ora invaso da erbacce e sterpaglie alte mezzo metro – si aprì davanti a lei mostrando una grande costruzione signorile, completamente ricoperta di edera. Avanzò costeggiando la grande fontana circolare, senz'acqua, al centro un gruppo marmoreo venato dal verde dell'abbondante muschio: era racchiusa tra le due rampe della scalinata semi circolare che conduceva alle slanciate arcate dell'ampio terrazzo coperto.

Esitante, cominciò a salire i gradini sconnessi, la mano per precauzione sul corrimano di pietra.

Arrivò in cima col cuore che batteva forte; proseguì nell'ingresso buio, la poca luce della sera oscurata dagli intricati festoni di glicine che pendevano dalla sovrastante balconata e oscillavano nella brezza.

Un rumore secco e la grande porta a doppia anta si aprì, le vetrate colorate che tintinnavano nel movimento.

Ancora un passo titubante e il cono di luce s'irradiò sul terrazzo mentre un'alta figura scura si stagliava sulla soglia.

– Prego, accomodatevi Signora. – La invitò con un cortese inchino, facendosi da parte per lasciarla entrare.

Una voce giovanile e armoniosa, una carezza di seta nella sera.

Doveva esser il figlio del decrepito professore, forse addirittura il nipote che era venuto ad aprire perché il nonno dormiva.

No, un momento, perché le dava del voi?

Le ante del portone si richiusero con un tonfo soffocato e il padrone di casa le sfilò di lato, precedendola deciso, un lungo mantello nero che fluttuava nell'aria.

May si stropicciò gli occhi. Dov'era finita? Che cosa stava succedendo? Era uno stupido scherzo organizzato dai suoi colleghi?

Rimase immobile, sconcertata.

Il suo ospite se ne avvide subito, si fermò e si voltò, sinuoso ed elegante, il manto a seguirlo in un aleggiare raffinato. La fissò con i penetranti occhi neri e il cuore di May cominciò a battere all'impazzata, la mente all'improvviso confusa, vuota, impacciata.

L'uomo sembrava uscito da una piega del passato, oltre un secolo prima, come minimo.

I lineamenti erano fini e delicati, un diafano pallore soffuso che sembrava illuminargli il volto incorniciato dai lunghi capelli scuri, appena ondulati, che gli arrivavano alle spalle. L'espressione era seria e controllata, le labbra sottili, esangui e ben serrate.

Si osservarono in silenzio per lunghi istanti: non riusciva a distogliere lo sguardo dal giovane uomo, si sentiva irresistibilmente attratta dall'abisso tenebroso dei suoi occhi, quasi desiderasse solo precipitarvi dentro e annegare, dimentica di tutto.

Annaspò e cercò di sottrarsi alla malia che sembrava avvolgerla e catturare la sua volontà.

– Vi prego, non abbiate timore. Vi attendevo con ansia, Signorina Foster – la rassicurò con voce suadente. – Il vostro arrivo mi era stato annunciato. Io sono Stephan von Meyer, ai vostri ordini! – aggiunse in un teutonico saluto, sull'attenti, battendo i tacchi tra loro.

May trasalì al rumore che, però, l'aiutò a tornare alla realtà e a staccarsi dai magnetici occhi neri che l'avevano stregata.

Si arrampicò a fatica nei ricordi delle informazioni raffazzonate prima di uscire dalla redazione. Il professor Stephan von Meyer era nato nel 1930.

Aveva novant'anni suonati.

L'uomo davanti a lei non poteva averne più di trenta.

In pratica un coetaneo.

Qualcosa non quadrava. Qualcosa di molto importante.

Cercò di parlare, di fare una domanda sensata, ma la voce era bloccata in fondo alla gola, impigliata nel respiro ansimante.

Fu lui a toglierla dall'imbarazzo: – Perdonatemi, ma non ricordo il vostro nome.

La testa le girava, cosa le stava succedendo?

– May... – esalò in un sussurro forzato.

– Un nome bellissimo, dal significato singolare... e importante – rispose von Mayer porgendole il braccio, uno strano brillio ad animare le iridi nere mentre le labbra si schiudevano in un seducente sorriso.

Fu in quell'istante che comprese.

Vide i canini spuntare.

Candidi e appuntiti.

Eppure, incredibilmente, posò la mano sul braccio che le porgeva e si affidò con totale fiducia, la voce che l'accarezzava e lo sguardo nero che l'avvolgeva, ammaliante.

– La cena è servita, May – disse conducendola nel salone, le cui porte si aprirono obbedienti davanti ai loro passi.

Scintillii tremolanti di luci li accolsero: v'erano candelabri accesi ovunque, sulla tavola imbandita e alle pareti. Le fiamme oscillavano riflettendosi sull'argenteria e sui coperchi dei piatti di portata, mentre sottili spirali di fumo si attorcigliavano nell'aria.

Forse stava sognando.

La accompagnò fino alla sedia, che scostò con eleganza dalla lunga tovaglia bianca di fiandra, e la fece accomodare con un sorriso silenzioso e appuntito. Quindi si sedette di fronte a lei, vicino eppure lontano.

All'improvviso il piatto di May si riempì di fumanti vivande. Ma non c'erano camerieri! La giovane ricordò la sensazione vaga di lampi argentei sul tavolo e forse qualche tintinnio. Anche la coppa di cristallo era colma di liquido color rubino. Si diceva che i vampiri si muovessero velocissimi, invisibili all'occhio umano...

Stephan von Meyer la fissava senza più sorridere, il pallore del volto che faceva risaltare l'insondabile oscurità degli occhi. Un lago profondo di afflitta tristezza. Provò un moto di compassione per l'uomo, così giovane e bello, e affascinante. Si diceva anche che i vampiri avessero il potere di controllare le menti...

Meccanicamente, cominciò a cenare. Il cibo era squisito. Anche il vino era delizioso.

– Voi sapete chi sono, nevvero? – chiese gentile il suo ospite, rompendo il lungo silenzio.

May aveva quasi vuotato il piatto mentre quello di von Meyer era intatto. Tra le sue lunghe e pallide dita il vino traeva riflessi di sangue attraverso il fine cristallo illuminato dalle candele. Ma non ne aveva sorbita neppure una goccia. I vampiri si nutrono solo di sangue... lo sanno tutti!

Voleva rispondere ma le parole non uscirono. Riuscì solo ad annuire. Eppure, non aveva paura. Avrebbe potuto alzarsi e fuggire, era certa che lui non l'avrebbe trattenuta. Ma rimase seduta a fissare la mestizia del suo sguardo.

– Sono nato in un paesino della Foresta Nera nell'anno Mille.

Silenzio.

Eseguì un rapido calcolo: 1020 anni. May sospirò appena: sembrava così giovane e bello!

– Esattamente mille anni fa, la mia vita mutò.

Un'ombra scura rabbuiò il viso del vampiro, inondandolo di dolore. Per un istante, May vide i mille anni trascorrere sulla pelle diafana.

– Ne gradite ancora?

Von Meyer era al suo fianco, il volto impassibile, e le porgeva galante altro pasticcio di carne.

Scosse il capo. Difficilmente sarebbe riuscita a trangugiare altro.

Un battito di ciglia ed era di nuovo seduto di fronte a lei, all'altro lato della tavola rotonda.

May si sforzò di dire qualcosa: – Mille anni sono tanti...

– Sicuramente sufficienti a vedere morire, più e più volte, tutte le persone che mi sono state care – rispose scrutandola, un amaro rimpianto nella voce soffocata. – E questo ha presto tolto ogni perverso fascino all'immortalità.

Forse avrebbe fatto meglio a restare in silenzio.

– Volete brindare con me, May, per favore? – chiese il vampiro riempiendole di nuovo la coppa col pregiato vino rosso dai riflessi di sangue.

– A... a cosa volete... brindare? – si forzò di domandare deglutendo la paura, in attesa della risposta che avrebbe rivelato il tragico finale della serata.

– Alla mia morte, naturalmente! – rispose con un incantevole sorriso levando in alto il bicchiere.

– La... la vostra morte? – ripeté incredula.

– Certamente non la vostra, May – rispose sollevando appena un sopracciglio. – Siete così bella e piena di vita. Non vi farei mai del male.

Il sorriso del vampiro era dolcissimo e rassicurante. I canini sembravano scomparsi. La tristezza, invece, traboccava dalla nera oscurità delle iridi.

– I vampiri... – May si sentì avvampare, – insomma, voi non potete morire!

La guardò in silenzio sfiorandole appena la guancia con dita delicate. Poi fece un lungo sospiro scuotendo il capo e volse lo sguardo sul pacchetto regalo posto sulla tavola, lungo e stretto, avvolto in una luccicante carta rossa. May non l'aveva notato, prima.

– Ero solo un ragazzo, nemmeno vent'anni. Ero ingenuo e arrogante, orgoglioso dei miei natali – cominciò a narrare con voce distaccata. – Stupidamente coraggioso, m'inoltrai per la selva oscura, incurante di ogni insegnamento.

Un cupo sospiro inframmezzò il racconto.

– L'ombra mi assalì all'improvviso. Ricordo il bruciante spasimo del morso come se avvenisse in questo istante.

May si sentì sferzare da una ventata di angosciata sofferenza e chinò il capo, travolta.

– Quando mi risvegliai, era piena notte. Non so quanto tempo fosse trascorso, ma dal collo promanava ancora un dolore atroce. C'erano due buchi profondi e sembrava che il fuoco dell'inferno vi ribollisse dentro.

La giovane rabbrividì.

– Dopo i primi momenti di scoramento, mi resi conto di chi fossi diventato. Ero potente, invincibile. Rapidamente scoprii ogni mio potere.

La voce del vampiro divenne un sussurro profondo, proveniente dall'oltretomba.

– Ero diventato un mostro: vivevo solo della vita altrui, condannato per sempre alle tenebre.

A May sembrò di scorgere un singhiozzo straziato nelle parole di von Meyer ma, quando alzò lo sguardo, vide solo il suo volto, pallido e imperturbabile, le labbra serrate strette.

– Uccisi, dilaniai e dissanguai le mie vittime godendo del mio immenso potere.

Gli occhi del vampiro erano pozzi neri di disperazione.

– Presto scoprii il prezzo di quell'orrendo dominio sulla vita – ammise in un sofferto sussurro. – La solitudine. Non potevo avere amici né stabilire alcuna relazione duratura. Dovevo spesso cambiare nome e residenza.

– Ma... gli altri vampiri...

Von Meyer scosse il capo, desolato.

– Ognuno era interessato solo a se stesso e a prevalere sugli altri. Procurarsi il sangue senza farsi notare diventava sempre più difficile con il trascorrere dei secoli.

Forse era assurdo, ma May provava una grande pena per il povero vampiro. Il suo cocente tormento era così palpabile, così visibile nel suo volto diafano e bello...

– Un giorno, però, incontrai un vampiro diverso da tutti gli altri.

May percepì un anelito di vita nelle parole e il viso di Stephan sembrò per un istante illuminarsi.

– Non sarebbe mai voluto diventare un mostro, *lui*. Si era ribellato alla sua nuova natura e l'aveva combattuta. E alla fine aveva vinto!

Sì, era proprio così: May vide gli occhi ardere di un'oscura luminosità, persi in un sogno impossibile.

– Fu lui a istillarmi di nuovo una coscienza. Mi restituì parte della mia umanità a prezzo del tormento per essere ciò che ero: un parassita che vive solo nelle tenebre e si ciba della morte degli altri esseri viventi.

Il cuore di May era stretto in una morsa; il vampiro chiuse gli occhi e abbassò il capo, pervaso da un lungo brivido di orrore. Poi sollevò il viso e la trafisse con lo sguardo.

– Non ho mai potuto amare davvero una donna.

Le parole ricaddero come piombo fuso su May, che rabbrividì.

– Potevo solo vederla invecchiare lentamente, giorno dopo giorno, e poi morire tra le mie braccia impotenti.

Un lungo sospiro lo interruppe ancora, traboccante di dolore.

– Oppure dovevo fuggire, inseguito dall'odio nel loro sguardo quando comprendevano la mia natura dannata.

Un nuovo, lungo silenzio, il capo chino e le braccia abbandonate.

Le parole bruciavano nella gola di May. Si fece coraggio: – Ma... avreste potuto trasformarle... È possibile, vero?

Nelle iridi nere di Stephan c'era solo cupa desolazione mentre assentiva.

– Sì, è possibile – disse e le parole suonarono come un'inesorabile condanna compressa in un altro lungo sospiro colmo di amari ricordi. – Diedi luogo alle trasformazioni, le prime volte...

– E... cosa accadde?

– Il loro amore svanì non appena si resero conto del potere assunto nella nuova forma di vita.

Amarezza e delusione erano palpabili nelle parole di Stephan, frammiste a odio e dolore.

Seguì un lungo, lugubre e immobile silenzio.

Infine il vampiro si riscosse, il sorriso di nuovo appuntito sulle labbra e un singolare luccichio di compiacimento nelle iridi.

– Vi prego, May, danzate con me.

La giovane spalancò gli occhi all'inatteso invito ma non seppe opporre alcun rifiuto. Si lasciò avvolgere dalle sue braccia, delicate e possessive insieme, e sentì il corpo maschio congiungersi al suo nel vortice della danza. Le note di un valzer aleggiarono nell'aria o, forse, solo nella sua mente.

Poi le labbra di Stephan sfiorarono morbide la sua bocca, rispettose e invitanti. May sentì la punta della lingua, umida, cercare gentile un varco e di nuovo cedette, inerme, concedendole l'ingresso.

Fu un bacio deliziosamente romantico, un sogno soave, una dolce illusione senza futuro.

May chiuse gli occhi e si abbandonò alla danza, all'abbraccio, all'insana follia della notte.

Poi la musica cessò, all'improvviso. Percepì un'esitazione, un tenue brivido prima che il corpo di Stephan si scostasse un poco dal suo. Ne sentì immediatamente la mancanza.

– Ora che sapete chi sono, May, è giunto il momento di rivelarvi perché vi ho condotto qui – spiegò in un profondo sussurro che la fece vibrare nel profondo, gli occhi neri penetranti che vincevano ogni residua volontà.

La condusse di nuovo alla tavola e le indicò il pacchetto.

– Oggi è il mio compleanno. Mille anni da dannato – spiegò con voce atona. – E non voglio vivere un giorno di più.

May spalancò gli occhi e arretrò, sconvolta, il sapore delle labbra delicate ancora sulle sue.

– Ho scelto voi, May – la implorò avvicinandosi, gli occhi neri spiritati. – Voi dovete aiutarmi a morire!

– Siete pazzo...

– No, non lo sono, May. Aiutatemi, vi supplico!

– Perché... perché proprio io? – chiese, le lacrime agli occhi e la voce incrinata.

– Sapete qual è il significato del vostro bel nome?

Lo fissò, sbigottita. – Maggio... il mese di maggio. – Il cuore le batteva forte rubandole il respiro ma si forzò a continuare: – Deriva da Maia, l'antica dea della fecondità e del risveglio della natura in primavera.

Il vampiro l'avvolse nel suo sguardo intenso.

– È il nome del fiore del biancospino – mormorò porgendole il pacchetto lungo e stretto. – E questo è il regalo... per me. Apritelo!

May cominciò meccanicamente a svolgerlo dalla rossa carta luccicante. Poi lo aprì, spinta da un'insana curiosità, e l'orrore si diffuse sul giovane viso.

Un lungo paletto appuntito.

– La tradizione tedesca afferma che il legno di biancospino ha la potenza di fermare il cuore di un vampiro con più forza del frassino.

Le mani di May sussultarono e Stephan dovette afferrare la scatola affinché non cadesse, ben attento a non toccarne il contenuto. Gliela porse di nuovo.

– Avanti, fatelo! – ordinò. – Trapassatemi il cuore con un colpo deciso.

– Siete pazzo! – piagnucolò May, disperata, mentre le sue mani, guidate dalla forza mentale del vampiro, afferravano il paletto e lo dirigevano al suo cuore.

Stephan la osservava, un sorriso estatico sulle labbra sottili ed esangui. Poi avvolse le mani intorno alle sue e guidò la punta contro il proprio petto, fino a farla penetrare.

May resistette e per un momento riuscì a opporsi.

– No, non posso, non voglio! – gridò affranta, le mani tremanti.

Il vampiro le sorrise ancora, dolcemente, poi si gettò tra le sue braccia, stringendola forte a sé mentre il paletto di biancospino, fatale, gli attraversava il cuore.

Pochi istanti ancora di vita dannata, solo il tempo di guardarla negli occhi con l'ultimo guizzo di umanità.

– Guardatemi!

Viso contro viso, i respiri per un attimo si confusero mentre gli sguardi si univano e il recente passato svaniva.

Poi fu solo un impetuoso vortice di finissima polvere e May si ritrovò di fianco alla sua auto, davanti alla redazione.

Il cellulare trillava insistente nella borsetta.

Era la settima chiamata.

Mezzanotte passata.

Rispose.

– No... va tutto bene, Robert. Avevo del lavoro da finire. Adesso arrivo.

Aveva un gran mal di testa.

Non ricordava altro.

L'ultimo pasto

di Yami

너의 기억이 추억이 다시 나를 휘감아
한발만 가도 난 온통 너로 또 젖잖아
네게서 떠나온 곳이. 도망쳐 달려온 곳이
너의 기억 속 중심이란 걸
이제 깨닫는다
I tuoi ricordi mi avvolgono di nuovo
Anche quando faccio un passo, finisco per essere di nuovo bagnato da te
Il posto in cui ti ho lasciato, il posto da cui sono fuggito
è il centro dei ricordi (che ho) di te
Ora capisco.
[The Eye (태풍), Infinite]

Quando riaprii gli occhi giacevo a faccia in giù su un pavimento grezzo e polveroso. Ero parecchio stordito e infreddolito. In bocca sentivo sapore di sangue. Le tempie mi pulsavano ferocemente e provavo dolore in ogni parte del corpo.

Rimasi in quella scomoda posizione per un po', cercando di fare mente locale su ciò che era successo prima di svegliarmi, ma non riuscii a ricordare granché degli ultimi eventi.

Durante la mattinata ero stato all'università e dato che le lezioni del pomeriggio erano state sospese ero andato a pranzare con Ji-Woo e Seo-Jun nella mensa dell'istituto. Avevamo chiacchierato e scherzato per almeno un'oretta, poi ci eravamo separati perché dovevo passare dalla biblioteca a ritirare un libro di testo. Da quel momento in poi avevo un enorme vuoto di memoria.

Sollevai lentamente il capo per cercare di guardarmi intorno e capire dove mi trovassi.

L'ambiente era quasi completamente al buio. Man mano che le pupille si abituavano alla semi oscurità riuscii a scorgere le sagome di un tavolo, di una sedia rovesciata e di altri oggetti sparsi qua e là come se qualcuno li avesse scagliati in preda all'ira.

Dopo qualche sforzo, finalmente riuscii a girarmi in posizione supina.

Mi sembrò che il soffitto fosse abbastanza alto e spazioso. Non riconoscevo quel posto. Da quel poco che riuscivo a scorgere poteva trattarsi di un magazzino abbandonato e dato lo stato in cui mi trovavo non dovevo essermici recato volontariamente. Qualcuno mi ci aveva trascinato a forza.

In quel momento ebbi una fitta più acuta delle altre alla testa e nella mia mente emersero alcuni dettagli confusi: qualcosa di simile a una puntura alla base del collo, delle mani che mi afferravano per le caviglie e mi trascinavano lungo l'asfalto, un odore acre di fumo di sigaretta. Ero stato rapito?

Con le poche forze che avevo, iniziai a frugarmi nelle tasche alla ricerca di qualunque cosa potessi usare per chiamare aiuto o difendermi. Ovviamente era sparito tutto: le chiavi di casa, il portafoglio con soldi e documenti e il cellulare. Inutile chiedersi che fine avesse fatto lo zaino con le altre cose.

Ero stato drogato, malmenato, derubato e infine scaricato in una zona isolata come spazzatura. Perché tanta ferocia? Ero un semplice studente, 24 anni compiuti da poco, non avevo mai litigato con nessuno, ero sempre stato gentile con tutti e per questo piacevo alla gente. La mia era una famiglia modesta ma rispettabile. Perché non limitarsi alla rapina? Perché accanirsi e portarmi lì? Forse non avevano ancora finito con me.

Quell'idea mi mise in grande agitazione: ero solo, ferito, in un luogo sconosciuto e senza alcuna possibilità di chiamare i soccorsi. Cosa potevo fare?

Iniziai a sudare freddo e ad ansimare mentre il panico mi stringeva il cuore in una morsa. Stavo per entrare in iperventilazione, per cui mi imposi di riprendere il controllo e cercare di ragionare. Chiunque fossero i miei aggressori, al momento erano assenti, per cui la prima cosa logica da fare era rimettersi in piedi e andarsene. Se fossi riuscito a raggiungere la strada, magari avrei saputo orientarmi, fermare un'auto o raggiungere il centro abitato a piedi.

Provai a sollevarmi con le braccia un paio di volte, ma a ogni tentativo sentivo come una stilettata sul lato destro dell'addome. Mi tastai e mi accorsi di avere un profondo squarcio tra due costole spezzate dal quale fuoriusciva altro sangue. Inorridii. Che cosa mi avevano fatto? Si erano presi un pezzo di me?

In un misto di rabbia e impotenza colpii il terreno con un pugno, facendomi ancora del male, mentre alcune lacrime sfuggivano dai miei occhi.

Non stava andando bene, non ero abbastanza lucido, dovevo calmarmi. Esausto, mi accasciai e mi concentrai sulla respirazione, seguendo un ritmo lento e regolare, cosa che servì ad attenuare l'emicrania.

Innanzitutto andava arrestata l'emorragia, altrimenti non mi sarebbe rimasto molto altro tempo da vivere.

Mentre strappavo parte della maglia per legarla attorno al busto in modo da coprire la ferita mi soffermai proprio a riflettere sul tempo. Da quanto ero lì? Per quante ore ero rimasto privo di sensi e quanto sangue avevo perso? C'era una possibilità che la mia famiglia, non ricevendo notizie, avesse già denunciato la mia scomparsa? Dovevo aggrapparmi a quella speranza per non cedere nuovamente all'angoscia.

Stavo vivendo un incubo. Perché doveva capitarmi una cosa simile? Non era giusto, volevo vivere.

La vista mi si annebbiò di nuovo. Mi sentii molto stanco, le mie energie si stavano esaurendo. Non volevo addormentarmi, ma le palpebre si erano fatte troppo pesanti e alla fine si chiusero.

– Young? Young, mi senti? Young-Sun? Andiamo, fratello, ti prego, dimmi che ci sei ancora.

"Seo-Jun? Seo-Jun, che ci fai qui?"

– Ji-Woo, ha riaperto gli occhi! È ancora vivo! Dì loro di sbrigarsi!

– Sì, si è ripreso in questo momento, ma è molto debole. Ha perso molto sangue, fate presto o morirà!

– Young, resta sveglio, guardami.

Il viso di Seo-Jun mi appariva sfocato, tuttavia riuscii a leggere nei suoi occhi tanta paura e agitazione. Le sue mani premevano sulla fasciatura, ma il mio corpo era diventato insensibile, non sentivo più alcun dolore. Riconobbi anche la voce di Ji-Woo. Mi avevano trovato: non so come ma erano lì con me e stavano cercando di tenermi in vita fino all'arrivo dell'ambulanza.

Il mezzo arrivò dopo un paio di minuti a sirene spiegate. I paramedici mi si fecero intorno, mi intubarono e mi caricarono su una barella.

La mia coscienza venne meno ancora una volta.

Mi ripresi qualche giorno dopo, in una stanza d'ospedale.

Al mio capezzale c'era mia madre. Notai subito che era pallida e aveva un'espressione tesa. Nel vedermi vigile si sciolse in lacrime e mi riempì di baci e carezze. Mi sentii così grato per la sua presenza. Dopo un po' arrivò anche mio padre. Anche lui era molto scosso e felice di sapere che ero fuori pericolo. Infatti la mia ripresa sarebbe stata lenta e faticosa ma i medici dissero che ce l'avrei fatta.

Quando mi tolsero i tubi e tornai a respirare autonomamente chiesi cosa mi era successo, cosa mi avevano fatto, dove mi avevano trovato e se i rapitori erano stati individuati e presi.

All'inizio sia i miei genitori che i dottori parvero turbati dalle mie domande: divennero evasivi, mi dissero di non pensare a niente se non a riposare se volevo rimettermi in fretta.

Il loro atteggiamento iniziò a preoccuparmi. Avevo il diritto di sapere. Avevo bisogno di riempire quei vuoti di memoria per dare un senso all'orrore che avevo subito. Preferivo conoscere ogni cosa, anche la più terribile, anziché fingere che non fosse mai accaduto nulla, perché sapevo che quelle domande senza risposta mi avrebbero perseguitato per tutta la vita. Ma più di ogni altra cosa non capivo perché tutti evitassero di nominare i miei amici, che oltretutto non erano mai venuti a trovarmi in ospedale: loro mi avevano salvato, come potevo non ringraziarli?

Alla fine le mie insistenze ebbero la meglio e mia madre, in presenza dei medici, si decise a raccontarmi tutto.

Dalle ricostruzioni della polizia ero sparito intorno alle sei di martedì pomeriggio.

Venerdì sera i paramedici avevano ricevuto una chiamata molto strana.

Il segnale della chiamata era disturbato da continue interferenze, la voce del ragazzo all'altro capo dell'apparecchio andava e veniva, tuttavia riuscirono a capire che stava chiedendo aiuto: un suo amico era stato aggredito e abbandonato in fin di vita in un vecchio capannone industriale della periferia. Dovevano fare in fretta, perché per quanto il ferito avesse momentaneamente ripreso conoscenza, non gli restava molto tempo da vivere.

Quando arrivarono trovarono me in una pozza di sangue, ma ancora cosciente.

Ero stato portato immediatamente in chirurgia, dove avevano scoperto che mi era stata asportata buona parte del fegato in modo inspiegabile e brutale. Inoltre nella cavità aperta nell'addome avevano rinvenuto tracce di una sostanza vischiosa, simile a saliva: una volta esaminata in laboratorio, scoprirono che si trattava proprio di una mucosa che aveva la funzione di rallentare il flusso sanguigno e anestetizzare la parte. Benché cercassero di spiegare gli eventi da un punto di vista logico e scientifico, il caso che avevano davanti faceva pensare a un grosso insetto dotato di una sorta di proboscide con denti circolari e affilati con la quale aveva scavato nel mio addome, facendosi largo tra le costole, per raggiungere e divorare i miei organi.

L'immagine che ricostruii mentalmente mi fece gelare il sangue. Ma c'era ancora dell'altro.

Oltre a me in quel capannone erano stati rinvenuti altri cadaveri, ai quali erano stati asportati diversi organi nello stesso identico modo. Erano morti rispettivamente 30 ore e 12 ore prima del mio ritrovamento. I due corpi versavano in pessime condizioni ed erano stati identificati grazie agli indumenti: si trattava di Seo-Jun e Ji-Woo.

Gli effetti personali delle vittime erano stati rinvenuti in un angolo dello stabile, insieme ai miei. Quello che gli agenti non riuscivano a spiegarsi era il fatto che la chiamata fosse partita dal cellulare di Ji-Woo: i due ragazzi erano già morti e io ero incosciente, per cui chi altri avrebbe potuto accedere allo smartphone, che tra l'altro risultava protetto da password?

Mi sentii mancare, dovevano essere tutti impazziti.

Prima la storia del mostro gigante, adesso quella della morte dei miei amici, gli stessi che ero certo avessero chiamato i soccorsi, perché li avevo visti quando avevo ripreso i sensi.

Dissi loro che si stavano sbagliando, non poteva trattarsi delle stesse persone dato che erano stati proprio loro a soccorrermi per primi e a fare la telefonata, quindi quella che mi avevano esposto era un'idea assolutamente impossibile e folle. Perché stavano mentendo?

Senza rendermene conto alzai la voce. L'infermiere si avvicinò al mio letto e mi chiese di calmarmi. Disse che sarei stato seguito da uno psicologo e altre cose che non stetti nemmeno ad ascoltare, perché le lacrime di mia madre avevano attirato la mia attenzione: mi stava fissando intensamente negli occhi mentre piangeva in silenzio. Poi, con fare composto, tirò fuori dalla borsetta il cellulare e me lo porse: sullo schermo c'era una foto che ritraeva gli altari con le fotografie dei miei amici e i bastoncini d'incenso accesi. Erano morti davvero. Prima di lasciare questa terra, i loro spiriti in qualche modo mi avevano risparmiato la stessa orribile fine, chiamando i soccorsi prima che la bestia misteriosa tornasse a consumare il suo prezioso banchetto.

Piansi amaramente.

Ci sono voluti tre mesi per ristabilirmi fisicamente, ma le ferite che porto nella psiche e nell'anima non guariranno mai.

Nonostante sia già passato un anno, a volte la notte mi sveglio di soprassalto, madido di sudore, con la sensazione che qualcosa sia china su di me e stia divorando parte del mio corpo con i piccoli denti ingordi.

Non ho più una vita normale. Mi sono trasferito con i miei genitori in un quartiere molto frequentato sia di giorno che di notte. Non sono più tornato all'università. Quando esco di casa preferisco farlo nelle ore diurne, in compagnia di qualcuno.

Alcune volte, però, ho l'impressione di essere seguito e osservato. In quei momenti mi sento pervadere da un'inconcepibile attrazione verso il luogo in cui la mia vita è cambiata, come se lì fosse rimasta una parte di me che continua a chiamarmi e che non è semplicemente l'altra metà del mio fegato.

In questi mesi, dopo qualche incubo, ho recuperato altri frammenti di ricordi legati a quell'esperienza: tra questi il più intenso è quello di un paio di occhi perlacei. Forse tra me e quell'essere è rimasta una connessione che egli usa per attirarmi a sé.

Ho paura che prima o poi possa riuscire a trovarmi e finire il suo pasto.

Brividi Sci-Fi

Émeraude

di Cristina Basile

Bali, 6 luglio 2044

Mi sedetti in un punto della piscina in cui la sua acqua e quella del mare si fondevano. I raggi del sole battevano sulla sua superficie cristallina, rimbalzavano e mi accecavano.

All'epoca potevo rimanere ore a gioire di cose così effimere (la rugiada condensata, la scrittura di cose fatue sul vapore, l'osservazione della natura silenziosa). Ancora non sapevo che, presto, non ne sarei più stata capace.

Tutto avvenne molto rapidamente. Gli uccelli scomparvero uno a uno, come carte nere nelle mani di un prestigiatore, spogliando completamente il cielo. I cani, che scavavano nella sabbia in cerca di sandwich sbocconcellati, si nascosero. Ma più spaventoso di tutti fu l'oceano che come un mostro liquido si ritirò mollemente in se stesso, in un punto remoto dove nessun occhio umano sarebbe potuto arrivare. Sembrò capace di intendere e di volere e io, chiusa nell'hotel scintillante, mi sentii piccolissima.

Guillaume venne dietro di me e mi mise una mano sulla spalla: – Che vuoi fare? Vuoi scappare?

Poi qualcuno mormorò: – Chiari segni di tsunami...

– Specialmente chi, sfoggiando un corpo semimetallico, pretendeva di saperne più degli altri.

Finalmente le autorità avevano dato l'allarme e costretto noi turisti a risalire la collina subito dietro l'hotel, dove saremmo stati al sicuro. Quelli con le metallegs (gambe allungabili fino a tre metri) ovviamente arrivarono per primi, rendendomi visibile una delle derive tra le più chiacchierate dagli esperti: l'ineguaglianza tra chi poteva permettersele e chi no. Con noi c'erano tanti bambini. Uno aveva un videogioco sugli occhi che, per questo fine, erano stati rimossi.

Alla fine non vi fu alcuno tsunami. Rimanemmo sulla collina per tre ore a guardare le acque che poco a poco tornarono a baciare le battigie, gli uccelli che beccavano i molluschi rinsecchiti e gli alimenti degli umani, quelli che avevano rinunciato alla svolta transumana.

Nessuno festeggiò e tutti tornammo placidamente ai nostri posti, sulle sdraio o sul bordo della piscina dove ci mettemmo a sfogliare riviste che promettevano all'acquirente cimici di prim'ordine per aiutarlo a dimenticare il passato, oppure bacini mobili per danzare per giorni e che funzionavano a batteria.

Nessuno di noi sapeva di aver appena assistito all'ultimo presagio del mondo e che quel viavai di pennuti, quel ritirarsi marino e quel cielo, erano le ultime parole della Natura all'uomo (la "creatura eletta", preferita da Dio), prima di ammutolirsi per sempre.

L'Indonesia, scelta per il viaggio di nozze, era rimasta la meta preferita da me e Guillaume, anche ora che avevamo vent'anni di più. Le decorazioni nelle camere da letto, fatte con asciugamani arrotolate a forma di cigno, e il pesce sulla spiaggia tutti i santi giorni, ci facevano rivivere l'idillio della luna di miele. In quel Paese tornavo giovane, d'impulso avevo voglia di pettinarmi e parlare come la prima volta che c'ero stata.

Inoltre, quello, era un anno speciale: mi stavo disfacendo poco a poco del vecchiume che mi rendeva inadatta alla società in cui vivevo e che mi aveva fatto aggiudicare i nomignoli più vari e fastidiosi. Avevo smesso di polemizzare con gli amici ipertecnologici, di imbarcarmi in discussioni accese e pesanti come navi, in cui difendevo il diritto alla privacy, il silenzio, l'inviolabilità del corpo, da cui uscivo puntualmente con le ossa rotte. Da un giorno all'altro avevano tutti ottimi argomenti per giustificare le loro scelte, merito della propaganda degli ultimi cinque anni che si era insediata come una serpe nel cervello dei lettori, deponendovi uova d'oro, ricche di pensieri d'ubbidienza e idolatria.

Ma nonostante la mia apparente lucidità, un bel giorno finii anch'io per tornare a casa con un cleverman (evoluzione dello smartphone) nuovo di zecca.

Tutta soddisfatta ero scivolata in cucina e, mostrando il telefono a mio marito e ai miei figli, avevo finto di rimuovere della polvere dalla spalla: volevo dire a tutti che mi ero rinnovata, finalmente.

Avevo paura che la mia famiglia mi avrebbe amata meno se non l'avessi fatto. Le loro braccia allargate verso me e l'espressione di sollievo di sapere che mi ero uniformata furono così gratificanti che sulle prime non rimpiansi la mia conversione. Tuttavia restavo una moderata, considerando chi, quel telefono, se lo faceva impiantare direttamente sotto la carne del polso.

Un giorno, mia figlia rientrò a casa con una fila di ruote rollerblade conficcate nei piedi.

– Il vostro regalo di compleanno! – aveva gridato.

Furiosa con Guillaume per non avermi interpellata prima di procedere all'acquisto, avevo eretto tra noi un muro di silenzio che feci durare tre mesi. Ma la mia tragedia, non avendo spettatori, non risultò poi così tragica. Non potei contare neppure sulla complicità dei miei figli: tutti mi consideravano esagerata. A nessuno ormai sembrava eccezionale farsi aprire i piedi per ficcarci dentro due ruote che si ritraevano con un telecomando al momento di andare a letto. Così, sempre più sola ed esausta, dovetti soccombere e riprendere a parlare a mio marito.

Dopo la vacanza a Bali decisi di mettere delle Feelingblue, delle orecchie digitali con cui potevo ascoltare la musica che mi pareva, quando mi pareva. Amici e parenti mi avevano convinta dicendomi che, asportando le mie, almeno avrei risolto l'annoso problema delle orecchie a sventola.

– Ahahah – avevo riso con loro mentre dentro montava l'angoscia.

Una nuova duplicità nacque in me, caratterizzandomi sempre più spesso.

Pazienti e personale medico dicevano sempre, di qualunque intervento, che non avrebbe fatto male.

Ricordo quando avevo fatto presente le mie preoccupazioni al chirurgo e lui mi aveva guardata come se fossi stata l'ultima donna a provare dolore, sfuggita a una deportazione di anestetizzati.

Per un pelo non mi aveva fatto ispezionare il cervello dal suo assistente.

Il giorno dello tsunami dormii male. Ricordavo vagamente (la memoria era sempre più debole) che all'università avevo studiato certe civiltà lontane capaci di leggere in manifestazioni come quella un messaggio del cielo. Avevo una laurea in antropologia ma ricordavo poco e nulla delle mie letture. Vivevo in una società che scherniva i miei romanticismi e, morbida di cuore, mi ero voluta adattare fino a dimenticare chi ero. Temetti che se avessi continuato ad assecondare il mio vero carattere, sarei rimasta indietro... pure con le metallegs.

Poi arrivò l'Émeraude, vischioso e dolce, messo in flaconi color smeraldo, dal design avvincente, studiato a tavolino dalla ditta produttrice, la Goingon.

Da poco mi ero fatta impiantare le Maniforte, mani che suonavano il piano tastando semplicemente l'aria e che mi intrattenevano alla fermata dello shuttle.

Il legame col mio corpo si sfilacciò giorno dopo giorno, lasciando dietro di sé brandelli di cui sentivo gli uccelli cibarsi. Così, se nel lontano 2020 ero quella che sveniva per un prelievo, nel 2050 prendevo appuntamenti per perfezionare la chiusura automatica degli occhi a mezzanotte, con la stessa disinvoltura con cui si prende appuntamento dal parrucchiere.

La mia amica Camille, appassionata di macchine, era stata una delle prime a farsi somministrare l'Émeraude. Il prezzo era proibitivo e suo marito si era arricchito diventando una cavia modello dell'azienda produttrice (che ormai governava tutto il sistema) e le cavie erano pagate come re. Si diceva che alcune di loro erano diventate quasi completamente macchine e che non se ne sentiva parlare perché alle famiglie veniva dato un ingente vitalizio per chiudere la bocca.

Una volta avevo chiesto alla mia amica com'era stato il summit in Norvegia dove, più che altrove, le persone erano ben disposte a farsi automatizzare e lei aveva risposto a metà, tenendo qualcosa per sé. Un fondo di preoccupazione le aveva agitato la superficie degli occhi in una maniera che non saprei descrivere... ho perso le parole da qualche tempo, quelle lette sui libri di antropologia che mi aiutavano a descrivere tanto bene le cose che succedevano dentro e fuori di me e a dominarmi, a creare la mia realtà. Non creavo più nulla ormai, anzi mi lasciavo creare volentieri, forgiare dai giorni e dallo scorrere del tempo. Mi stavo ottundendo perché non succedeva più nulla o perlomeno nulla di naturale. Calcolai faticosamente, con l'aiuto di un calendario, che non piangevo da sei anni.

Cinque anni dopo l'uscita in commercio dell'Émeraude, ne eravamo tutti ebbri.

Lo buttavamo giù come shot di vodka, alle feste di addio al nubilato, ai compleanni e per una forma di stupidità diffusa, veicolata dalle componenti del cocktail medicinale, nessuno dei consumatori sapeva cosa producesse esattamente nell'organismo e nemmeno si preoccupava di scoprirlo.

Quando ormai fu troppo tardi, si venne a sapere che il medicinale trasformava la pelle della creatura eletta dall'Onnipotente in fibre metalliche che i cittadini lasciavano smontare, fondere a piacimento dalle aziende che decidevano se farne macchine o volute o polmoni d'acciaio, scempi vari, sempre più grandiosi, sotto un cielo che certamente non aveva più messaggi da dare.

Alieni

di Piero Milotti

Uno strano cielo notturno tinto di rosso. Nuvole scure irradiate da anomali lampi rossastri. Un violento acquazzone si abbatte funesto e veloce celando, con il suo fitto manto acquoso, il paesaggio che mi circonda. Un ragazzo corre veloce verso di me. Si avvicina. Mi supera senza badare a me. Altri due giovani mi sorpassano, urtandomi, correndo a perdifiato. Intravedo, in lontananza, una lunghissima scia di persone inseguite da grosse e dense nuvole rosse, dalle quali scaturiscono lampi violenti che squarciano il terreno. Le persone si spintonano. Un vecchietto cade a terra e viene calpestato, prima di essere incenerito dai lampi. Dalle nuvole iniziano a emergere metalliche sagome di macchine aliene che bombardano in ogni direzione. Mi volto e inizio a correre con il cuore in gola. Gli alieni, con le loro macchine di morte, ci stanno invadendo.

Perché nessuno ci ha avvisato? Nessun allarme, nessun preavviso. Sono arrivati, invisibili, e ora ci stanno annientando con una tale ferocia da far impallidire i più grandi film di fantascienza.

Il cuore sembra volermi scoppiare nel petto mentre le esplosioni dei lampi si fanno sempre più vicine. La paura invade il mio corpo, la mia anima. Non voglio morire, non voglio andarmene. Le urla si intensificano, grida di dolore e di terrore echeggiano in ogni angolo. Centinaia di persone tentano disperatamente di sfuggire al loro destino. I palazzi iniziano a crollarmi intorno, le auto a esplodere, il terreno a sbriciolarsi sotto i miei passi. Un lampo centra in pieno una coppia che corre davanti a me, facendola scomparire nel nulla. Un odore di bruciato, di carne arrostita e di zolfo, invade le mie narici. I miei occhi iniziano a lacrimare e a bruciarmi intensamente. Porto la mano sul naso cercando di non respirare quelle strane scorie che mi circondano.

Un altro lampo, cado a terra. Le orecchie mi fischiano come ovattate da uno strato di cartapesta. Mi rialzo veloce, la paura diventa più intensa, mi irrigidisce i muscoli rendendo pesanti i miei passi. Capisco che devo trovare in fretta un riparo o sarà la mia fine. Mi guardo intorno, i palazzi crollano uno a uno come tanti piccoli tasselli del domino. Il fumo mi impedisce di orientarmi. Svolto di scatto per un campo di girasoli, alti e rigogliosi. I lampi sembrano seguire la folla, almeno in un primo momento. Vedo un piccolo canale di scolo, o quello che ne rimane. Mi getto all'interno infilandomi in un cunicolo di cemento. Rimango immobile. Cerco di calmare il mio respiro. Le urla diventano più intense, i lampi ancora più numerosi e violenti. Il terreno sopra di me viene colpito, i girasoli completamente bruciati. Faccio fatica a respirare. Mi copro il viso con la maglietta.

Le enormi macchine aliene iniziano ad atterrare lasciando uscire numerosi esseri con lucenti armature spaziali. Imbracciano armi silenziose e letali. I laser bluastri squarciano e distruggono ogni cosa in cui si imbattono. Ho paura. Molti alieni sono proprio sopra di me. Non riesco ancora a farmi una ragione del fatto che nessuno sia stato avvisato. Come hanno fatto milioni di alieni a sbarcare sul nostro pianeta senza che nessuno se ne sia accorto, senza che nessuno abbia potuto dare l'allarme? Come hanno fatto a coglierci così impreparati?

Un alieno si ferma proprio vicino al mio nascondiglio. Si guarda intorno e inizia a sparare verso una piccola casetta alla fine del campo, ormai devastato. La casetta si incendia, da essa escono, urlando, due donne. Un altro colpo le disintegra. Scompaiono in una nuvola nera di fumo. Le lacrime scendono veloci e silenziose sul mio viso. La paura ormai scorre nelle mie vene bloccando il mio corpo e paralizzando il mio respiro. L'alieno si avvicina al mio nascondiglio, esplodendo un colpo che squarcia il terreno. Sono senza difese, sdraiato ai suoi piedi. Punta la sua arma contro di me e spara. Mi fischiano le orecchie, non sento più alcun rumore. In mezzo al fumo vedo la sagoma dell'alieno in fiamme. Due aerei veloci gli sparano. Io non sono ferito. Forse il colpo ricevuto deve avergli fatto sbagliare il tiro. Non mi ha colpito. Spara rapido agli aerei che continuano a bombardarlo, distruggendoli entrambi. Si ferma. Il suo corpo s'incendia scomparendo in un bagliore azzurro.

Il cielo è gremito di aerei da combattimento che inseguono le piccole astronavi aliene. Il paesaggio intorno a me è un conglomerato di macerie e cumuli di corpi senza vita. Mi dirigo verso la collina per avere una migliore visuale del territorio, ma lo scenario che si apre davanti ai miei occhi è lo stesso, gli stessi odori, lo stesso silenzio agghiacciante. Scorgo, in lontananza, un piccolo villaggio non del tutto incenerito. Appena vi giungo, mi rendo conto che ci sono molti animali ancora vivi, forse ci potrebbero essere anche dei sopravvissuti. Entro in una villetta ancora intatta. Il salone è in totale disordine, segno di un violento conflitto. Le pareti sono piene di buchi inceneriti. Vado verso la cucina vuota. Da una piccola porticina spalancata e divelta scorgo delle figure in avvicinamento. Alieni dalle armature bruciate imbracciano le loro armi di distruzione. Si avvicinano, lentamente, a me. Cerco un nascondiglio, intravedo, dalla mensola specchiata di un pensile, le figure di due alieni alle mie spalle che stanno per aprire il fuoco su di me. Mi abbasso evitando di un pelo i loro raggi mortali. I due si avvicinano e aprono di nuovo il fuoco. Chiudo gli occhi. I raggi rimbalzano contro di loro uccidendoli. Sento i loro corpi disintegrarsi. Apro gli occhi e non capisco cosa sia successo. Mi alzo e corro verso la porta del salone uscendo dalla casa prima dell'arrivo dell'altro gruppo di alieni.

Inizio a correre verso il bosco. Le piccole stradine sembrano interminabili. La distanza, che mi separa dal bosco, incolmabile. I miei passi sembrano rallentare, come bloccati da invisibili sabbie mobili. Il gruppo mi scopre e iniziano a spararmi contro. Riesco a trovare rifugio dietro a due alberi. Prendo fiato. Sento che la mia resa ormai è vicina, sento la fortuna abbandonarmi. Mi inginocchio, piango e attendo il mio destino. Il gruppo mi circonda. Io alzo le mani in segno di resa. Vedo, in lontananza, un ragazzo in ginocchio. Un gigantesco alieno gli punta contro un'arma. Uno strano odore permea l'aria. Un odore come di muffa e decomposizione. Un urlo, un raggio blu vaporizza il ragazzo. L'alieno si avvicina a me. Sento il suo terribile odore, il fetore del suo respiro. Un respiro quasi animalesco. Si china, avvicinandosi al mio orecchio. Emette un suono violento che mi fa fischiare le orecchie. Il suono echeggia nella mia mente, rimbombando. *Sterminio*... Fisso i suoi occhi scuri. Lui mi guarda quasi incredulo. Di nuovo quel violento suono, stavolta sento dolore, poi di nuovo quella parola nella mia testa. *Sterminio*...

– Basta, ho capito, volete sterminarci tutti! – urlo con quanta più voce ho in corpo.

L'alieno si alza di scatto e mi trascina per il collo. La mia schiena strofina sul terreno. Sento qualcosa pungermi nelle gambe. L'alieno si ferma e mi alza con forza, scaraventandomi contro un albero. Un' enorme sagoma si fa strada alla mia sinistra. Un mostro senza armatura, ciclopico, dalla forma di un serpente con squame simili a quelle di un drago. Occhi enormi e triangolari, gialli ma cupi. Piedi palmati con artigli neri. Denti affilati disposti su tre file.

– Chi sei, umano? – mi chiede. La sua voce rauca e cavernosa sembra tranquilla, quasi umana anche lei.

– Voi piuttosto, chi siete? Perché avete deciso di sterminarci tutti? Avete fatto miliardi di chilometri solo per distruggere noi e il nostro pianeta? – gli chiedo senza paura.

– Nessun umano può capire il nostro linguaggio. Nessuno di voi è alla nostra altezza, nessuno così evoluto. Chi sei, umano? – mi chiede, di nuovo, avvicinandosi a me.

Confuso, non rispondo. Il loro linguaggio mi appare chiaro. Ogni loro parola provoca uno strano dolore all'interno della mia testa. Il mio cervello impiega qualche secondo prima di decifrare i suoni che emettono, un po' come guardare un film ma con l'audio in ritardo. Il mostro mi afferra per la gola, serrando i lunghi artigli.

– Umano, chi sei?

– Non so perché riesco a capirvi, né in che modo io possa farlo. Sono solo io, niente più.

La presa intorno al mio collo si fa più intensa, più dolorosa. Afferro il suo braccio squamoso. L'ossigeno inizia a mancarmi. Sento i suoi artigli conficcarsi nella carne. Raccolgo tutte le forze e stringo il suo braccio. L'alieno allenta la presa. Mi fissa, leggo dello stupore misto a preoccupazione nei suoi occhi. Incredulo, guarda il suo braccio, un rivolo verdastro che ne fuoriesce: l'ho ferito.

Indietreggia di un passo ed emette un urlo, un suono cupo simile al rintocco di una campana ovattata. Tre alieni mi circondano, puntandomi le armi contro. Sparano. Un'enorme sfera blu mi circonda riflettendo i raggi e ferendoli. La sfera rimane intorno a me.

– È impossibile – urla uno dei tre. – Ha i nostri poteri, è uno di noi – conclude.

Quelle parole mi lasciano perplesso e preoccupato. Cosa intende? Cosa significa: è uno di noi? Non sono un serpente o un mostro, e quella strana bolla blu, l' ho creata io? Tutte queste domande mi disorientano.

– Come hai fatto? – mi chiede quello più grosso.

– Non ne ho idea, non credo nemmeno di essere stato io – rispondo.

– Non sei un semplice umano. Come hai fatto a ferire tre dei miei soldati?

– Io non ho fatto nulla.

– Eppure, parli la nostra lingua, crei campi di forza e non sei ferito. Non ti sembra strano? Dimmi chi sei, non celare ancora la tua vera identità – tuona.

– Ne so quanto voi, sono umano. Non di certo un mostro! – rispondo confuso e dolorante.

Enormi ed abbaglianti lampi scaturiscono dalla sfera che mi circonda, carbonizzano i corpi degli alieni, tutti, compreso l'enorme mostro. In un attimo acquisto fiducia e sicurezza, non so bene come riesca a fare quello che sto facendo ma so che posso combatterli, posso sterminarli e salvarmi. Che sia davvero io l'eroe di questa storia? Un'astronave cade molto vicina a me sollevando una quantità enorme di terreno che mi ricopre interamente. Il buio mi circonda, chiudo gli occhi urlando.

Mi sveglio, sono nel mio letto. Mi alzo a fatica. Fitte di dolore lungo il mio corpo, ovunque. Guardo dalla finestra della mia camera ma non vedo alcuna traccia degli alieni, del loro arrivo e della loro distruzione. Mi vesto e scendo in strada. Osservo la gente che mi circonda, sono tutti tranquilli e sereni. C'è chi gioca con i figli, chi si scambia teneri baci, chi legge un giornale prendendo un caffè. Tutto calmo, tutto normale. Che sia stato solo un sogno? Reale e doloroso però. Faccio qualche passo ed entro in un bar. Il televisore acceso trasmette una partita di calcio. Tutto è sereno, non ci sono tracce del passaggio degli alieni. Mi chiedo se non sia stato solo il frutto della mia fervida immaginazione o un simpatico scherzo del mio Super-Io. Esco dal bar. Respiro a pieni polmoni l'aria fresca osservando il cielo, e... con sgomento mi accorgo che sta diventando scuro, si tinge di rosso. Inizia a piovere a dirotto. Un ragazzo corre verso di me. Si avvicina. Mi supera senza curarsi di me. Altri due giovani mi sorpassano, urtandomi, correndo a perdifiato. Intravedo, in lontananza, una lunghissima scia di persone inseguite da grosse e dense nuvole rosse, dalle quali scaturiscono lampi violenti che squarciano il terreno. Le persone si spintonano. Un vecchietto cade a terra e viene calpestato, prima di essere incenerito dai lampi. Dalle nuvole iniziano a emergere metalliche sagome di macchine aliene che bombardano in ogni direzione. Mi volto e inizio a correre con il cuore in gola. Gli alieni, con le loro macchine di morte, ci stanno invadendo...

L'alieno sulla scrivania

di Giovanni Luca Ventura

EXP

L'unità esplorativa EXP era ormai alla meta e il Programma Pilotaggio decise la riattivazione dei suoi simili.

Per primo riprese completa coscienza di se stesso il Comandante cui seguirono molti altri.

Il capo spedizione si rivolse ai suoi compagni: – Sono trascorsi molti cicli da quando abbiamo lasciato il nostro mondo, ma finalmente siamo giunti a destinazione.

– Comandante, adesso può rivelarci lo scopo della missione?

– Da sempre esploriamo il Piano Infinito alla ricerca di vita e trenta periodi fa abbiamo individuato qualcosa. Certamente non un'emissione naturale. Il messaggio, se di messaggio si tratta, contiene una forma di comunicazione ma ci è assolutamente incomprensibile.

– Signore! – lo interruppe Analizzatore.

– Che succede?

– Rilevo una notevolissima radiazione proveniente dal pianeta. La stessa del messaggio originario ma di un'intensità enorme, incomprensibile e nessuna forma di vita che la emetta... Un momento! Il settore 100,1101.

Tutti sintonizzarono i programmi di ricerca nel punto indicato.

– Eccolo! – urlò Antropologa.

In lontananza era comparso il primo essere vivente alieno della storia!

VITA

Il multi programma senziente EXP si trovava a poche decine di chilometri dalla superficie della Terra.

L'emisfero brillava delle luci delle grandi e piccole metropoli ma i Programmi non avevano il senso della vista, almeno come la intendiamo noi.

Erano impossibilitati a interpretare in modo coerente le trasmissioni radiotelevisive che avviluppavano il nostro pianeta.

Il loro era un mondo simile a Mercurio, con la crosta composta per il 78% di silicio.

Era quindi caldissimo, totalmente arido e completamente inadatto alla vita... sempre come la intendiamo noi.

In miliardi di anni, i silicati di Bytania si erano fusi, trasformati e collegati fino a diventare un'unica gigantesca rete informatica naturale.

In quest'ambiente erano poi comparsi i primi bit liberi che in seguito si erano uniti, duplicati, modificati ed evoluti fino a diventare byte, file, programmi e infine i Programmi Senzienti che adesso popolavano quel pianeta.

Per spostarsi nello spazio si affidavano all'energia dei raggi cosmici e ora la spedizione stava per visitare la Terra.

O almeno quello che riuscivano a percepire.

INGRESSO

Analizzatore aveva agganciato la creatura, che però non dava nessun segno di averlo notato.

– Meglio così, è una bestiola non molto intelligente e potrebbe spaventarsi. Comandante, credo che sia l'entrata di questo mondo.

– Pilotaggio, ci porti dentro! – assentendo.

EXP s'infilò e tutta la sua struttura fu immediatamente pervasa da un'intensa radiazione energetica.

Di lì a poco, comparve il nuovo mondo.

Sconfinati spazi multicolori si alternavano con ampie zone di un candore abbagliante. Mari di bit calmi e sereni splendevano riscaldati da energia pulitissima. File, che si attorcigliavano fino a formare impenetrabili foreste, si estendevano fino all'ultimo orizzonte e la vita brulicava in molteplici forme. Piccoli programmi si cibavano di bit a fianco di altri, molto più grandi, che preferivano rivolgere la loro attenzione ai byte; tutti vivevano in pace.

– Che meraviglia! Il nostro pianeta doveva essere così prima che noi lo trasformassimo in quell'immondezzaio che è oggi – disse Ecologica, mentre Analizzatore continuava a cercare.

– Forse siamo arrivati nel Paradiso Informatico.

INTERNET

John Derek, giovane scienziato del Centro Controllo Spaziale, notò che alle ore 10:43 si era verificato un improvviso sovraccarico. Il satellite che gestiva il collegamento fra milioni e milioni di computer aveva registrato un flusso abnorme di dati. Il tutto era durato pochi secondi.

– Questi sono pirati!

IL NUOVO MONDO

Esploratrice cominciò a diramarsi sulla rete.

Si trattava di una terra meravigliosa, nella sua primitiva bellezza. Incontrò molti animali, stupidi e tranquilli, che non fecero caso a lei. Non rilevò niente di particolare o di insolito, se si eccettuavano quelle innumerevoli "tane" che sembravano essere la caratteristica del paesaggio. Erano tutte molto simili, delle specie di vicoli ciechi. La rete penetrava in esse ma poi si fermava e veniva sostituita da ruscelli energetici.

Raccolse tutta la struttura informatica di una tana e la incamerò.

A Parigi, l'ingegner Duval andò su tutte le furie.

– Chiama quegli incompetenti che ce lo hanno venduto. Il computer nuovo si è completamente resettato!

AMORE

Ecologica e Assistente Scientifico si erano isolati dagli altri. Complice la selvaggia e primitiva bellezza del luogo, provavano quella strana sensazione che fa girare i sottoprogrammi in modo incontrollabile. Si erano già scambiati innumerevoli byte.

– Sei certo di amarmi? Non sarà solo una sub routine di livello superficiale?

– Sei la Programma che aspettavo. Tu piuttosto, mi era sembrato che lanciassi file criptati a Cacciatore.

– Scherzi? – Replicò lei divertita. – Io, un'Ecologica, unirmi a uno come lui?

– Ci sono stati parecchi casi di Programmi totalmente diversi che si sono congiunti; molti grandi della storia sono il frutto di tali accoppiamenti. – Assistente si fece serio. – Però io sono di recente scrittura...

Ecologica non gli lasciò terminare la frase, disattivò tutte le funzioni logiche e chiuse quelle anti intrusione; nel giro di pochi istanti la sua struttura più intima e primitiva apparve ai rilevatori di lui.

– Sei bellissima... basta byte.

I due Programmi si unirono in un intenso scambio di file.

LA BELVA

Esploratrice stava illustrando a tutto l'EXP la strana configurazione di quelle tane quando qualcosa comparve dal nulla.

– È un divora programmi!

L'essere aggredì Ecologica che, colta alla sprovvista, non riuscì ad attivare le contromisure di cui era dotata e fu azzannata in alcune zone periferiche. Un forte dolore percorse il corpo informatico.

– Aiuto!

Chi di dovere intervenne. Interi programmi d'eliminazione furono sparati contro la bestia che riuscì a danneggiare qualche altro file, prima di cedere.

Adesso giaceva, ormai inattiva, davanti a Difensore.

– Ecologica è ferita e sta perdendo dati!

– Attivare Medicina! – ordinò Comandante.

In un attimo, la nuova arrivata entrò nei file della Programma per appurarne i danni.

– Non sento più alcune parti... – disse la paziente.

La curante emise la diagnosi: – Alcune zone sono irrimediabilmente danneggiate, dovrò scollegarle altrimenti il malfunzionamento potrebbe trasmettersi al resto del tuo schema e distruggerti; comunque stai attiva, non ti è capitato niente di troppo grave.

Medicina entrò poi in comunicazione con Ecologica su un file riservato.

– Tuo figlio non ha subito nessun danno.

– Figlio?

– Non lo sapevi ancora? C'è un Programmino che sta crescendo in te.

Nella sua casa di Bologna, Rodolfo Piccone stava subendo un rimprovero dal fratello maggiore Ludovico.

– Cos'hai combinato alla Play Station?

INTERPRETAZIONE

Nelle ore successive avvennero altri attacchi ma i Programmi adesso stavano in guardia e così non ci furono feriti.

Rimaneva il mistero dell'attivazione di quelle belve, perciò tutto EXP era curioso di conoscere la teoria che Assistente Scientifico aveva elaborato.

– Comandante, Programmi di missione tutti, quello che abbiamo scoperto sino a oggi m'induce a ritenere che questo non sia un mondo primitivo, popolato da programmi animali, ma qualcosa di molto diverso. Nasconde esseri senzienti.

– Ho sondato dovunque e non ho rintracciato forme superiori.

– Non potevi, non si trovano in rete, ma fuori!

Ecco, l'aveva trasmesso e adesso aspettava le reazioni.

Ce ne fu un coro ma chi più e chi meno tutti rifiutarono l'ipotesi.

Assistente spiegò: – Noi siamo esseri bidimensionali, nel nostro mondo esistono lunghezza e larghezza, oltre il tempo.

– Questo lo sanno anche i Programmini – replicò Cacciatore.

– Tutti voi conoscete la teoria dello spazio a tre dimensioni del leggendario Relativistico.

– Viaggiando in linea retta all'infinito, si torna al punto di partenza poiché quello su cui viviamo non è un piano, come ci sembra, ma una figura tridimensionale battezzata iper circonferenza o sfera.

– Esatto, Storica! – confermò Assistente.

– Ci siamo domandati perché mai tante diramazioni finissero in quelle tane che diventano fiumiciattoli energetici. Secondo il mio parere quelli sono luoghi di scambio dove lo spazio bidimensionale diventa accessibile a Esseri tridimensionali!

– Esseri tridimensionali intelligenti! – precisò Assistente.

Nessuno osava esprimere la propria opinione prima di aver ascoltato quella di Scientifico.

– In teoria non si può escludere.

MANDRIA

Il microciclo successivo, Comandante ordinò una massiccia ispezione e Analizzatore s'introdusse in milioni di tane.

Altrettanti antivirus reagirono immediatamente.

Un'enorme mandria di belve comparve improvvisamente aggredendo i membri di EXP.

Difensore entrò in azione con tutta la potenza di cui disponeva ma la situazione si fece presto pesante.

– Comandante, non possiamo resistere ancora per molto. Credo che dovrebbe attivare Bellico!

Ecologica cominciò a girare molto velocemente.

– Ma state scherzando!? Volete provocare a questo pianeta gli stessi danni del nostro? Li avete ancora i banchi di memoria? Tre conflitti informatici totali non vi hanno insegnato niente?

– Basta così! – ordinò Comandante. – Non tocca a Lei decidere.

Bellico fu attivato.

Milioni di antiprogrammi scatenarono un violentissimo bombardamento elettromagnetico.

Tutti gli antivirus e quello che avrebbero dovuto proteggere furono letteralmente fatti a pezzi.

La pace tornò improvvisa, ma sapeva di morte.

– Spero che siate contenti... – disse una mesta Ecologica. – Abbiamo portato la civiltà!

Negli Stati Uniti innumerevoli istituzioni, enti e privati cittadini avevano perso i collegamenti telematici o addirittura i programmi nei computer.

REAZIONE

– Un attacco del genere e nessuno ne sa niente!? – A parlare era il Presidente degli USA e non era di buon umore.

– Abbiamo individuato su Internet un programma gigantesco che agisce in modo indipendente – disse Scott, il consulente informatico della Casa Bianca.

– Cioè?

– È stato messo in rete da ignoti ed è in grado di muoversi e colpire in maniera autonoma, come se fosse senziente.

– Cosa possiamo fare?

– L'idea è di lanciare un supervirus creato di recente e studiato per distruggere i controlli degli armamenti dei paesi nemici. Non è all'altezza dell'attaccante ma è il programma più avanzato che possediamo.

– Allora provi...

– Un momento, signor Presidente.

– Che c'è, Henry?

Il capo della Sicurezza Nazionale additò un giovane alto e magro. – Il dottor John Derek, del Centro Controllo Satellitare, ha una sua teoria.

– Si faccia avanti giovanotto, la staremo ad ascoltare ma cerchi d'essere conciso.

– Grazie Signore ma per adesso mi limiterò ad affermare che secondo me questo nuovo superprogramma non sortirà nessun effetto, anzi a un certo momento sparirà completamente. Se avrò ragione allora illustrerò la mia teoria, se ho fatto un errore di valutazione eviterò una pessima figura. Mi auguro di sbagliarmi anche se, per la verità, spero di no.

Mezz'ora più tardi il programma più pericoloso mai concepito da mente umana fu immesso nella rete internet.

TIRANNOSAURO VIRTUALE

– Non ci credo! – Cacciatore espresse così tutta la sua meraviglia. – È una vita che speravo di trovarmi di fronte a un essere come quello.

– A me sembra pericoloso e non ci vedo niente di così fantastico. – Ludico non aveva tutti i torti; un animale gigantesco, dall'aspetto spaventoso e selvaggio, si stava avvicinando ai membri di EXP.

– Sembra uscito da uno di quei programmi immaginari sulla nostra preistoria.

– La somiglianza con un tiranno-file è notevole.

– Lasciatelo a me!

– Un momento, Cacciatore, non vorrai disattivarlo?

– Ha ragione, non puoi limitarti a catturarlo? – chiese Comandante a supporto della richiesta di Ecologica.

– Se proprio devo... ma sarà molto più pericoloso; attiverò Mimetico.

– Basta che vi decidiate – intervenne Ludico.

– Per i miei gusti è già tropo vicino!

Cacciatore si mosse; quando furono a contatto, la bestia cercò di afferrare il Programma e... ci riuscì.

Cominciò a distruggere tutti i file che incontrava con selvaggia ferocia e inarrestabile impeto. Non si stava rendendo conto che la sua preda non era altro che un'immagine creata da Mimetico; una specie di fantasma.

Il suo vero avversario ne approfittò per circondare la belva con un algoritmo di compressione.

La rete agì in fretta e nel giro di pochi istanti, ridotto di un fattore sessantaquattro, il programma militare terrestre fu incasellato, ormai innocuo, nei capaci banchi di memoria di Cacciatore.

– Quando torneremo ai nostri siti sarà l'attrazione dello zoo.

ALLA CASA BIANCA

– È pazzesco, Signor Presidente! Il nostro programma è letteralmente scomparso mentre l'obiettivo è intatto.
– Dovremmo arruolare il creatore di tutto questo – disse Scott.
– Non credo che sarà facile, Signore – fece notare Derek.
Il Presidente lo fissò. – Bene giovanotto, siamo tutti molto curiosi di ascoltare la sua teoria.

ALIENO

– Quello che si trova su Internet è un programma senziente. Un essere informatico intelligente di provenienza extraterrestre. – Derek spiegò dell'improvviso ed abnorme flusso di dati che era stato registrato dal satellite.

– Non so dire se tutto ciò sia tremendo o meraviglioso, ma prima di comunicarlo alla stampa ne voglio la certezza.

– Signor Presidente, sarà anche bellissimo ma questa Entità si è rivelata ostile – fece notare il Segretario alla Difesa.

– No, un momento! – Ormai Derek poteva intervenire liberamente. – Noi abbiamo attaccato per primi; noi Terrestri intendo. Tutti i sistemi e i singoli computer con cui l'Alieno è entrato in contatto hanno attivato automaticamente i programmi antivirus.

– Ma non poteva mettersi in contatto con noi?

– Difficile che riesca a vederci Signor Presidente, forse concepirci – spiegò John. – Noi siamo a tre dimensioni, lui a due. Per un Essere così fatto l'universo è un piano di cui egli fa parte senza possibilità di staccarsene.

– Va bene, adesso che la lezione di fisica è terminata cosa facciamo? – chiese il Segretario di Stato.

– Dobbiamo cercare di comunicare – replicò Derek.

– Anch'io ritengo che sia la cosa migliore, ma in totale sicurezza.

– È giusto, Signor Presidente, quindi dovremo prima catturalo.

LA TRAPPOLA

Dopo dieci minuti, John prese posto alla tastiera del computer del Presidente. Cominciò a inviare una serie di messaggi in codice binario. Si trattava di formule matematiche trasmesse in modo che assumessero una valenza universale o almeno così sperava.

IN TRAPPOLA

– Comandante, ricevo qualcosa. Sono informazioni piuttosto semplici ma non possono venire che da una forma intelligente. Non so chi le mandi, però arrivano da quella direzione.

Tutto EXP si mosse e in pochi istanti giunse nel punto in cui si formavano.

– È una di quelle solite tane alimentate da ruscelli d'energia.

– Signore, un attimo! Se, come penso io, questi sono i punti che esseri tridimensionali usano per entrare nel circuito bidimensionale informatico significa che siamo stati identificati e attirati qui, inoltre... Questa è una trappola!

– Lei usa troppi file immaginari, Assistente Scientifico.

– Avanzare!

In quel preciso istante il mondo scomparve.

SISTEMA ISOLATO

– Tutti i collegamenti alla rete sono stati staccati, signor Presidente.

– La stessa cosa vale per le fonti d'energia; è rimasta solo la batteria interna.

– Perfetto! – sorrise John Derek. – Questo computer è adesso un sistema totalmente isolato, sia dal punto di vista informatico che energetico... e l'Alieno è dentro.

CATTURATO

– Che succede? Tutto il mondo è scomparso, è rimasta solo questa tana.

– Siamo caduti nella loro trappola, Signore.

– Ormai è tardi, Assistente, ma devo riconoscere che la sua teoria ha un'alta percentuale d'esattezza – riconobbe il capo missione.

– La sua opinione?

– Sono furbi e intelligenti, aspettiamo che si mettano in contatto.

– Speriamo soltanto che non siano anche arrabbiati, gli abbiamo distrutto una bella parte del loro mondo – fece notare Ecologica.

– Un momento! – esclamò Assistente. – Forse aspettano una nostra risposta! Ci hanno inviato la formula per calcolare l'area del quadrato, del cerchio e del triangolo; tutte figure bidimensionali per farci capire che hanno compreso la nostra natura. Noi risponderemo con la formula dell'iperquadrato detto anche cubo, dell'ipercerchio o sfera e dell'ipertriangolo o tetraedro per spiegare che anche noi abbiamo capito la loro.

Dopo poco il messaggio di replica partì.

LA LIBERAZIONE

– Hanno risposto e in modo molto esplicito; sanno come siamo fatti!

– Complimenti John, lei oggi è passato alla storia. Che cosa facciamo adesso, Dottore? – chiese il Presidente.

– Per prima cosa ridiamo corrente e ricolleghiamo il computer alla rete, sarà un chiaro gesto di pace.

Il mondo attorno a EXP ricomparve e questi non si mosse dalla sua posizione.

– Adesso dobbiamo comunicare in modo chiaro e non sarà uno scherzo.

– Sono esseri più evoluti di noi, trasmettiamogli il nostro vocabolario con tutte le chiavi d'interpretazione.

– Adesso lasciamo fare al loro traduttore.

PACIFICI!

Assistente stava spiegando: – Non sono ostili, appena capito chi eravamo, ci hanno liberati dalla trappola per farci intendere le loro buone intenzioni. Adesso ci stanno inviando degli altri dati; è il loro modo di comunicare!

– Attivare Interprete! – ordinò immediatamente Comandante.

CONTATTO

Sul grande schermo dello studio ovale della Casa Bianca, la prima parola comparve alle 19:37 del 6 aprile.

– Salutiamo i nostri amici a tre dimensioni.

John Derek, che era a poche ore dal diventare uno degli uomini più famosi del suo tempo, non riuscì a trattenere un sorriso.

Con grandi impieghi di risorse umane e materiali, per decine di anni, l'uomo aveva scrutato il cielo nell'inutile ricerca d'intelligenza aliena.

Quando meno se l'aspettava, l'aveva trovata sulla scrivania di casa.

Ospiti indesiderati

di Veronica Oliviero

La situazione era grave.

Da ormai cinque giorni non riuscivano più a mettersi in contatto con Mirne; da tre, anche la città di Caris aveva cessato qualsiasi comunicazione e nessuno degli Alati mandati in avanscoperta aveva fatto ritorno. La situazione era tale che il Sommo si era sentito in dovere di indire un incontro con gli oligarchi delle città vicine, così da valutare insieme come procedere: tra loro l'Amministratore della Legge, Jasper Alam, quello delle informazioni, Joaster Mir e quella della Guerra, Tifone Ortèn. Riuniti tutti insieme, erano nel pieno della discussione, quando udirono le urla; pochi secondi e un'ondata di Neri riempì la stanza, bloccandoli tutti al loro posto. Jasper aveva già sperimentato quella sensazione, così si lasciò andare, consapevole che a nulla sarebbe valso opporsi; non dello stesso avviso furono Joaster e Tifone, che continuarono ad agitarsi cercando di prendere il volo, con l'unico risultato di ferirsi le ali. Il tempo di un battito di ciglia e si ritrovarono altrove, pareti di roccia tutt'attorno, una volta trasparente che mostrava il cielo limpido sopra di loro e alcuni Alati che erano riusciti ad alzarsi in volo prima di essere catturati.

– È un alveare – disse Jasper, guardando verso l'alto. – Ci troviamo in un alveare – ripeté, guardandosi attorno: lo spazio si stava plasmando sotto i loro occhi e guardando le pareti ricurve si rese conto di trovarsi in una sorta di anello che si estendeva attorno a uno spazio centrale; esattamente di fronte a loro, un'altra parete ricurva imprigionava gli Scienti; al centro della sala, c'era un blocco di pietra massiccia; dietro di esso uomo su un sedile dello stesso materiale.

– Shura! – chiamò Jasper e l'uomo alzò lo sguardo su di lui, ma non rispose, tornando immediatamente a guardare la superficie del tavolo, la perfetta riproduzione della loro città.

– Shura, che cosa sta succedendo?! – insistette Jasper e l'uomo tornò a fissarlo.

– Vi sto salvando la vita – rispose laconico, iniziando poi a toccare con le dita alcune zone della città in miniatura.

– Come hai osato rapirci! – intervenne Tifone. – Appena ci libereremo, noi ti...

Ma Shura la interruppe, dicendo: – Isolate le sezioni con Alati e Scienti, non voglio essere distratto. E se fanno qualcosa di pericoloso, immobilizzateli.

E immediatamente calò il silenzio nella sala centrale, nonostante Tifone continuasse a urlare contro di lui; allora Shura riprese a parlare con calma, incurante dell'evidente agitazione degli Alati, le cui voci e lamentele non gli arrivarono più.

– Individuate le femmine che le hanno deposte e i loro compagni e spostate queste coppie di sotto, insieme alle uova. Mantenete l'ambiente alla giusta temperatura o le uova si deterioreranno – ordinò tranquillo, al mare di Neri che si muoveva tutt'attorno a lui. – Cercate di catturare gli Alati fuggiti ma non esponete l'alveare, non sappiamo quando inizieranno – continuò, lanciando appena una occhiata al soffitto. – E procedete al consolidamento della volta. – Tornò ad appoggiarsi allo schienale della sedia con un sospiro, una mano sul fianco. Shura chiuse per un attimo gli occhi, come se stesse riordinando le idee, poi: – Dovete ristabilire il contatto con Anja. Devo sapere com'è la situazione lì. Le misure prese per Alora hanno funzionato e le altre città libere sono state organizzate di conseguenza, ma quelle degli Alati sono completamente scoperte... non pensavo che avrebbero attaccato di nuovo così presto, sono partito appena mi è stato possibile.

– Fin troppo presto.

– Oh Anja, finalmente!

– Sono riusciti a stabilizzare il collegamento solo ora.

– La situazione com'è?

– È tutto pronto. Lì come procede?

– Il trasferimento è quasi completato. Alcuni Alati sono riusciti a fuggire ma ho messo al sicuro la maggior parte della popolazione, comprese le uova.

– Quell'alveare è molto recente e lo strato in cui siete ammassati...

– Lo so, la roccia della volta è più sottile, la Regina non ha avuto tempo di consolidarla. Sto cercando di metterla in sicurezza.

– Forse dovresti trasferirli.

– Non saprei dove: Mirne è stata distrutta e se attaccano qui, Vilem sarà la loro prossima meta. Sarebbe meglio iniziare già a prepararla.

– Tra quanto tempo dovrebbero attaccare?

– Poco. Molto poco. Nelle altre città hanno attaccato quando il sole ha raggiunto lo zenit.

– Shura, io penso che tu dovresti...

– Lo farò dopo. Ora completerò gli ultimi preparativi. – E poi, con tono più conciliante: – Non preoccuparti, ti ricontatterò appena sarà tutto pronto.

– Aspetto tue, allora. – E il contatto cessò.

Shura chiuse di nuovo gli occhi, passandosi la mano sempre sullo stesso fianco, poi si decise a riaprirli, fissando lo sguardo sugli Alati. Altro sospiro e si alzò, muovendosi piano verso la parete trasparente che li separava.

– Riattivate la comunicazione con la sezione degli Alati – ordinò e nella sala centrale avvertì immediatamente il brusio degli Alati. – Fate silenzio o interromperò di nuovo le comunicazioni – disse seccamente e i più lo stettero a sentire, confusi.

– Ci devi una spiegazione, Shura – intervenne subito Jasper e Shura annuì, lanciando appena un'occhiata a Tifone che lo guardava inviperita.

– Vi sarete resi conto che le comunicazioni verso Mirne e Caris sono state interrotte – e al cenno di assenso di Jasper, continuò: – Sono state distrutte. Questa città o Velem dovrebbero essere le prossime a essere attaccate, motivo per cui vi ho trascinato nell'alveare. Ora, vorrei che convinceste i vostri fratelli a seguirvi qui dentro.

– Perché facciate prigionieri anche loro? – chiese Tifone, furiosa.

– Non siete prigionieri, ve l'ho appena detto. Presto sarete molto contenti di trovarvi qui. Allora, li convincerete?

– No di certo – rispose ancora l'Alata, prima che Jasper potesse dire alcunché.

– Rimpiangerete questa scelta – disse Shura, spostandosi di nuovo verso il sedile di roccia e abbandonandosi mollemente su di esso.

Non dedicò più alcuna attenzione agli Alati, si limitò a riaprire il contatto con Anja, parlando solo di tanto in tanto con la sorella, lo sguardo alla volta trasparente. A un certo punto si assopì addirittura, la testa che si reclinò di lato, il respiro lento e profondo. Fu quando la luce diminuì che si svegliò, quasi di soprassalto. Se n'erano accorti anche gli Alati: il sole sembrava essere calato eppure era troppo presto e infatti, alzando lo sguardo, si resero conto che una coltre compatta di creature lo nascondeva.

– Sono arrivati – si limitò a dire Shura, fissando il cielo.

Le prime a essere colpite furono le femmine: quegli esseri erano così tanti che i maschi non riuscirono a difenderle e furono costretti ad assistere mentre venivano divorate vive; poi toccò a loro: li fecero a pezzi ancora in volo, lasciando cadere a terra solo gli avanzi.

Lo spettacolo atterrì così tanto gli Alati che rimasero a guardare in silenzio, gli occhi sbarrati dall'orrore; poi pian piano iniziarono a piangere e lamentarsi, stringendosi gli uni agli altri.

– Tu non hai fatto nulla... sei rimasto a guardare – disse Tifone, allontanando con uno sforzo lo sguardo dalla volta e fissando Shura, gli occhi lucidi; come gli altri, aveva perso uno dei suoi familiari in quel modo straziante.

– Vi avevo chiesto di convincerli a raggiungerti. Voi – e sottolineò la parola marcando il tono, – non avete voluto.

– I Neri potrebbero spazzarli via – intervenne Joaster.

– No. I Neri non hanno alcun motivo per esporsi. Hanno già fatto abbastanza.

Shura disse qualcos'altro ma le sue parole furono coperte da un frastuono assordante proveniente dall'alto: stavano colpendo l'alveare sempre più forte, così tanto che sentirono l'intera struttura tremare sotto quella terribile pressione. E poi smisero.

– È finita?

– Ricominceranno – rispose Shura. – Ma prima canteranno.

– Shura... – intervenne Anja ma lui la anticipò dicendo: – Lo so, lo so. Non posso farci niente. Sopravvivranno solo i più forti.

– Non è per quei parassiti che mi preoccupo! – replicò Anja con fastidio, alzando la voce e poi, più piano: – Devi scendere di sotto. Ti prego, Shura...

Ma lui non la stette a sentire e quando il "canto" iniziò, lui era ancora al posto; poche note e alte urla di dolore si alzarono dagli Scienti, che iniziarono a contorcersi al suolo, stringendosi la testa tra le mani.

– Disattiva audio – mormorò Shura e le voci degli Scienti si spensero nella sala centrale; non il resto.

– Che cosa sta succedendo ai nostri schiavi?

– Ve l'ho detto: stanno cantando. – Un sospiro, poi: – Il suono che stanno emettendo scatena allucinazioni e terrore negli Scienti.

– Ma non ha effetto su di te.

– Credevo di avervelo già detto: io non sono uno Sciente.

Non aggiunse altro e i tre non insistettero; rimasero in silenzio, lo sguardo che di tanto in tanto si posava sui loro schiavi, fino a quando quel suono non terminò e ricominciarono a battere contro la roccia. Un'altra ora e di nuovo quel silenzio inquietante.

– Che cosa accadrà ora?

– Canteranno per voi. E poi canteranno per me. – E lo aveva appena detto quando un suono li raggiunse, subito coperto dalle urla degli Alati; alcuni si erano alzati in volo e avevano iniziato a sbattere come impazziti contro la parete di separazione.

– Bloccateli a terra. Evitiamo di perderne altri – mormorò Shura, prima di disattivare i suoni provenienti anche da quella mezza luna e chiudere gli occhi. Attese, cercando di raccogliere le poche forze che gli rimanevano; poi, quando calò di nuovo il silenzio, riaprì gli occhi e alzò lo sguardo alla volta, che si stava crepando visibilmente.

– Devi scendere di sotto.

– No, non mi muoverò di qui.

– Hai visto cosa è successo agli Scienti e agli Alati. Il canto di quelle creature potrebbe ucciderti, nelle tue condizioni!

– Se scendo di sotto, i Neri abbandoneranno questo livello e mi seguiranno, lasciando completamente scoperti e vulnerabili gli abitanti della città. Non ho intenzione di lasciarli morire. Non di nuovo.

– Shura...

– Ti ricontatterò quando finirà – tagliò corto, interrompendo bruscamente la comunicazione.

Shura aveva già sperimentato un'altra volta il "canto" di quelle creature, ma quando la musica raggiunse le sue orecchie, non gli fu d'aiuto. Strinse i denti, gli occhi serrati, le mani chiuse a pugno, poi inarcò la schiena, la destra che si mosse al fianco sinistro; tutt'attorno, i Neri che si muovevano come impazziti, disegnando onde concentriche con lui al centro, alzandosi di tanto in tanto in folli colonne che si riversavano al suolo dopo un istante. Smisero dopo quella che gli parve una eternità ma Shura ci mise un po' a riprendersi, la mano ancora sul fianco. La ferita si era riaperta e i Neri che fino a quel momento se ne erano occupati, impedendo che si dissanguasse, lo avevano lasciato, ma doveva muoversi, non era ancora finita. Si alzò con uno sforzo dal sedile di pietra, lasciando un'impronta rossa di sangue lì dove si era appoggiato per alzarsi e si avvicinò piano alla mezzaluna degli Alati.

– Ancora qualche ora e se ne andranno – disse. – Non potrò farvi uscire dall'alveare ancora per qualche giorno, sentirebbero il vostro odore e tornerebbero indietro.

– Ci terrai rinchiusi qui a tempo indefinito? – chiese Jasper, dando voce alla paura degli altri.

– Se volete morire come gli Alati che sono rimasti in superficie qualche ora fa, siete liberi di andare – rispose seccamente, continuando a premersi la ferita. – Non sappiamo se torneranno, né come liberarci di quelle cose, quindi ho pensato a una soluzione temporanea: le Regine modelleranno un piano degli alveari a immagine delle città che avete o avevate in superficie; qui la vostra gente potrà trovare rifugio fino a quando non capiremo cosa sono e come possiamo ucciderle.

– E gli Scienti?

– Non posso pensarci ora – disse sinceramente. – Avete le vostre vite, le vostre uova, un rifugio... stiamo offrendo lo stesso a tutte le altre città; è più di quanto abbia avuto Mirne. – E a questa frase si zittirono. – Se accettate, gli oligarchi torneranno alle loro città per preparare la popolazione. Il trasferimento negli alveari dovrà concludersi entro domani al tramonto.

– Non possiamo raggiungere le città in così poco tempo.

– Ce la farete, ci penseremo noi. Valutate la nostra proposta, non appena se ne andranno dovrete farmi sapere la vostra decisione. – Si piegò in avanti, stringendosi il fianco, poi tornò lentamente verso il bancone di pietra. – Ricollegatemi ad Anja – ordinò e quando il contatto fu stabile: – Li ho informati della mia idea. Inizia a predisporre le città.

– Qual è la situazione lì?

– Non credo che nostra madre sarà contenta: ho sacrificato il cinquanta per cento dei Neri di questo alveare per rinforzare la volta.

– La Regina Madre desidera solo riaverti sano e salvo ad Alora. – E poi: – Le tue condizioni?

– La ferita si è riaperta.

– Perché non hai voluto ascoltarmi?

– Te l'ho già detto – rispose Shura, appoggiandosi con la mano al bancone di pietra e socchiudendo appena gli occhi.

– Hai insistito per andare tu lì; sapevi che avrebbero attaccato proprio quella città. Come?

– I terreni di cova – rispose debolmente. – Hanno divorato le uova per prime, a Mirne... – mormorò poco prima di cadere pesantemente in avanti, la voce di Anja che lo chiamava, con ansia.

Non arrivò a terra: dal pavimento emerse una figura gigantesca che lo afferrò con quattro delle otto zampe prima che urtasse il pavimento e lo adagiò sul bancone. Una Regina. Non ne avevano mai visto una così da vicino ed era uno spettacolo impressionante col suo corpo enorme. La Regina allungò una delle lunghe zampe verso il torace di Shura, afferrando la tunica con i tre artigli con cui terminava la zampa. Apertala, studiò il torace segnato da cicatrici e la fasciatura impregnata di sangue che gli copriva il fianco sinistro. La tolse con una delicatezza che mai avrebbero potuto sospettare in una simile creatura e ripulì la ferita succhiando via il sangue rappreso, poi si tirò indietro per studiare la lesione: sulla pelle era rimasto il segno di un paio di fauci.

La Regina alzò lo sguardo su Anja, emettendo bassi versi gutturali e Anja rispose scuotendo piano la testa: – È rimasto ferito durante l'attacco a Mirne. Se non fosse stato per la Regina tua sorella, non sarebbe mai sopravvissuto. Gli avevamo detto di rimanere ad Alora ma ha insistito per venire, non ha voluto sentire nessuno, neppure la Regina Madre. – E poi, dopo un attimo di esitazione: – Temeva che avreste lasciato gli Alati alla mercé di quelle creature, com'è accaduto a Caris. – In risposta ad altri suoni emessi della Regina, disse: – Shura chiese di salvare almeno le uova e quando non lo avete fatto, si è messo in viaggio per questa città. Spero che non lo costringerete a spostarsi di città in città per convincervi a salvarli. Lo sforzo potrebbe ucciderlo e non è ciò che volete, immagino.

E poi, ancora in risposta a qualche cosa detta dalla Regina: – Io e mio fratello la pensiamo diversamente sugli Alati, ma questa volta devo dargli ragione. Se non intervenite, li stermineranno tutti.

La Regina non rispose, si limitò a passare l'artiglio sulla ferita e lì dove lei sfiorava la pelle, si raccoglievano i Neri, formando come una seconda pelle sulla ferita; poi rimase ferma a fissare Shura, in attesa, i Neri tutt'attorno che si muovevano nervosi. L'attacco era ancora in corso, quando Shura alzò una mano e la Regina vi avvicinò la bocca.

– Nimph – chiamò sottovoce, a occhi chiusi, e la Regina rispose con un basso verso. – Non dovevi salire.

Torna di sotto, piccola Regina – mormorò Shura. – Non avere paura, scenderò tra poco.

E la Regina stette ad ascoltarlo: si ritirò nel suolo, scomparendo così come era emersa.

Shura invece non si mosse, si limitò a rimanersene sdraiato, fissando la volta, i nemici che ancora imperversavano sopra di loro. Attese fino a quando il sole non fece capolino e lo sciame divoratore finalmente si ritirò. Solo a quel punto si alzò su un gomito, lo sguardo sugli Alati.

– Devo sapere la vostra decisione – disse senza preamboli.

– Non abbiamo scelta – rispose Jasper. – Accetteremo la vostra proposta.

– Bene. Naar vi accoglie tra i suoi figli. Anja, sai cosa fare.

Non attese che la sorella rispondesse, tornò a stendersi e la stanza sotterranea cambiò: il sedile e il bancone di pietra su cui Shura era steso sprofondarono nel pavimento, così come le pareti che li avevano tenuti bloccati. Sotto i loro occhi iniziarono a formarsi strade e costruzioni identiche a quelle che avevano avuto in superficie. Quella sarebbe stata la loro nuova casa, lontani dai pericoli della superficie. Nel profondo di Naar.

In un giorno qualunque

di Yami

Adoravo le fiere del fumetto. Per me rappresentavano le uniche occasioni in cui potevo staccarmi dal resto del monotono e stressante mondo, nel quale generalmente ero un'invisibile nullità, ed entrare in una dimensione in cui mi sentivo bene e a casa, dove non dovevo preoccuparmi se mi lasciavo andare ad atteggiamenti da otaku[1] o dove non dovevo sentirmi prendere in giro da beoti ignoranti per via delle mie passioni. Cosa ancora più bella, ero circondato da tante altre persone come me, ragazzi e ragazze, ma anche adulti, che condividevano gli stessi interessi in armonia e nel rispetto reciproco.

Inutile dire che i miei unici veri amici li avevo conosciuti a queste manifestazioni.

I fumetti occidentali e i manga giapponesi non erano le uniche cose presenti a questo tipo di eventi: general-

[1] Otaku è un termine giapponese che indica persone in genere ossessionate da manga, anime, videogiochi. In patria ha un significato negativo, ma in Occidente è usato per riferirsi semplicemente agli appassionati di manga e anime (cioè fumetti e cartoni animati).

mente c'erano appassionati di anime, aree a disposizione per i giochi di ruolo, tornei di videogiochi, tornei di giochi di carte collezionabili, conferenze sul Giappone e sulla cultura nipponica, ragazze in abiti lolita o gothic lolita[2], amanti del JPop, JRock e Visual Kei[3], bancarelle traboccanti di volumi, dvd, action figures e gadget vari, incontri con mangaka di successo, aree per il karaoke e il maid cafè, concorsi di disegno, versioni ridotte del Takeshi's Castle[4], laboratori di origami e di scrittura hiragana e katakana.

L'attrazione principale, però, quella che non poteva mai mancare a una fiera e che attirava il maggior numero di persone, era il Cosplay Contest[5]. Coloro che partecipavano alla competizione indossavano i panni dei loro personaggi preferiti tratti da manga, anime, film, videogiochi o appartenenti al panorama musicale giapponese o occidentale e li interpretavano sfilando sul palco o esibendosi in vere e proprie scenette tea-

---

[2] La moda Lolita è nata in Giappone dalla sottocultura giovanile e in seguito diffusasi nel resto del mondo. Prende spunto dagli abiti dell'era vittoriana e dell'epoca rococò e negli anni si è evoluta in diversi sotto-stili, tra i quali il più amato è il Gothic Lolita.

[3] JPop, JRock e Visual Kei sono generi musicali giapponesi. Tali termini vengono usati anche per riferirsi al tipo di abbigliamento indossato da cantanti e gruppi musicali appartenenti ai rispettivi generi.

[4] Takeshi's Castle è un programma giapponese simile all'europeo *Giochi senza frontiere* ma demenziale, in cui i concorrenti devono superare prove difficili e a volte un po' crudeli.

[5] Un Cosplay Contest è una gara in cui i partecipanti, detti cosplayer, indossano costumi, armi e accessori per interpretare personaggi tratti da film, videogiochi, manga, anime o cantanti sia giapponesi che occidentali.

trali, come concorrenti singoli o in gruppo. Molti cosplayer realizzavano abiti, accessori e armi da sé. Altri li commissionavano a professionisti o li acquistavano da negozi specializzati, soprattutto tramite internet. Una giuria composta da cosplayer diventati famosi ed esperti, da fotografi e da eventuali ospiti premiava i costumi, gli accessori e gli interpreti migliori.

Più grande era l'evento organizzato più attività venivano inserite nel programma, tanto che le manifestazioni potevano svolgersi anche in più giornate.

Purtroppo non avendo un lavoro potevo contare solo sulla paghetta che mi davano i miei, di conseguenza non potevo permettermi di prendere parte a tutti gli eventi che venivano organizzati sul territorio nazionale, ma dovevo accontentarmi di andare a quei due o tre più importanti che si svolgevano annualmente nella mia regione. Il Pancomix Festival era uno di questi.

Quest'anno la location del Pancomix era un grande complesso congressuale di due piani con una superficie di circa trentamila metri quadri, situato nella zona periferica della nuova area commerciale della capitale, posto tra due stabilimenti ancora in fase di allestimento e dotato di una vasta area per il parcheggio. La sua collocazione, lontana dal centro abitato, era stata scelta appositamente per non disturbare il traffico cittadino vista l'enorme affluenza prevista all'evento.

Avevo deciso di portare un Original Cosplay, ovvero un personaggio inventato da me stesso. Si trattava di una sorta di difensore della giustizia e per realizzarlo avevo preso spunto da altri personaggi già esistenti che indossavano armature particolari. Mi ci erano voluti tre mesi per costruire e verniciare la corazza e la spada ma il risultato finale era soddisfacente.

Non lo facevo con l'intento di gareggiare. Non ero mai stato un amante delle competizioni, ragione per cui a scuola mi avevano sempre dato del perdente. Volevo divertirmi, rivedere i miei amici, godermi appieno l'aria di festa, visitare gli stand anche solo per il gusto di guardare i prodotti esposti. Comprare era un lusso che non potevo concedermi, visti i prezzi solitamente proibitivi di gadget e action figure che venivano gonfiati ancora di più per l'occasione. Come al solito gli stand sarebbero stati presi d'assalto da collezionisti in cerca del pezzo mancante della propria collezione e da utenti che avrebbero tentato di rivendere, anche a prezzi stracciati, qualche graphic novel del cui acquisto si erano pentiti.

Alla cerimonia d'apertura ero già lì, più elettrizzato del solito.

Come previsto incontrai vecchie e nuove conoscenze, mi aggregai a un gruppo di amici e in loro compagnia alternai momenti di puro delirio a chiacchierate, mangiate, pose per i fotografi e sfide ai giochi. Cercai di vedere e provare più cose possibili, fare il pieno di ricordi ed emozioni così da poter resistere fino al prossimo evento, che si sarebbe tenuto dopo sei mesi.

Per l'ultimo giorno, come da classico copione, gli organizzatori avevano lasciato il meglio. Subito dopo l'ora di pranzo, infatti, erano previste le finali dei vari tornei, le premiazioni dei concorsi abbinati alla manifestazione e il Cosplay Contest, che ogni volta portava via dalle due alle cinque ore, a seconda del numero di concorrenti, e al termine del quale ci sarebbe stato il consueto concerto di chiusura.

La maggior parte della gente, allora, si sarebbe recata all'esterno, dove solitamente era sistemato il palco, e poco alla volta gli espositori avrebbero cominciato a mettere via la merce, lasciando in mostra solo gli articoli più richiesti dal pubblico.

Purtroppo non potevo assistere a tutte le sfilate e le esibizioni dei cosplayer: mi aspettavano due ore e mezza di viaggio in auto per tornare a casa.

Quindi mi affrettai, andai nello stanzone adibito a spogliatoio maschile – ce n'era un altro per le ragazze sul lato opposto – e iniziai a smontare l'armatura, lasciandomi addosso la parte superiore della corazza per fare prima. Dato che il mio costume era un po' ingombrante decisi di andare a caricarlo in auto in due riprese: prima avrei posato l'arma e poi il resto.

Uscendo in corridoio ritrovai i ragazzi. Mi avevano aspettato per salutarmi. Uno di loro si offrì di aiutarmi a portare le mie cose in macchina e accettai volentieri.

Mi voltai per salutare gli altri che intanto si stavano avviando in direzione del palco. Fu allora che si udì una tremenda esplosione. Nell'istante successivo si levarono grida di terrore.

Ci girammo in direzione del punto dal quale era provenuto il boato.

Il corridoio in cui ci trovavamo s'immetteva nel grande settore dedicato agli espositori. La visuale era occupata dai pannelli bianchi che separavano i vari banchi vendita disposti in successione.

Alle spalle degli stand che si trovavano in fondo si era alzata una nube di polvere biancastra.

Il tutto avvenne in pochissimi secondi. Nessuno ebbe il tempo di capire cosa stesse succedendo. Ci furono altre deflagrazioni e rumori simili a spari. La gente si mise a correre come topi intrappolati in un labirinto. Io e Sales, il ragazzo che mi stava dando una mano a trasportare il costume, mollammo a terra la roba, mentre i nostri compagni, come impazziti, si gettarono verso quella che era la fonte del pericolo per cercare di raggiungere chi il fidanzato, chi i genitori.

D'impulso, feci dietro front e mi avviai verso l'uscita d'emergenza che si trovava alle nostre spalle.

Mi misi a correre senza voltarmi. Urtai con tutto il mio peso il maniglione antipanico e in un attimo fui fuori dall'edificio, in una delle stradine secondarie.

Mi accorsi che Sales mi aveva seguito. Entrambi ci guardammo attorno smarriti. Anche lì fuori si sentivano esplosioni e urla spaventose. Dalle case si sollevavano colonne di fumo nero e denso.

Sembrava che l'intera città fosse in guerra.

Percorremmo il vicolo leggermente in salita, in direzione del centro.

La nostra corsa si arrestò appena quattro o cinque metri dopo, quando due figure aliene ci si pararono davanti, bloccando la via di fuga. Levitavano a circa un metro e mezzo dal suolo. Indossavano tute aderenti e un casco trasparente che probabilmente permetteva loro di respirare e imbracciavano strane pistole di grosse dimensioni.

Restammo impietriti per lo sgomento.

Era pazzesco, incredibile, irreale. Credetti di vivere un incubo troppo realistico.

Dovetti ricredermi non appena uno di quei due cosi fece fuoco sul mio amico.

Il laser verde che partì dall'arma di una delle due creature si trasformò in un liquido del medesimo colore non appena colpì Sales sul petto.

Il mio amico spalancò la bocca ma non urlò né emise alcun altro suono. Non ne ebbe il tempo. Il suo corpo venne corroso e si trasformò in polvere in una manciata di secondi, davanti ai miei occhi.

Gli esseri avanzarono abbassandosi di quota. Venne sparato un colpo contro di me ma per fortuna andò a colpire di striscio la spallina dell'armatura che per puro caso non mi ero tolto.

La lega di plastica e metallo si corrose all'istante ma la sostanza velenosa non mi raggiunse.

Ancora una volta l'istinto venne in mio soccorso, facendomi reagire in modo imprevedibile.

Colpii l'alieno più vicino con tutta la mia forza, sfondandogli la protezione di vetro.

Quello stramazzò a terra in preda alle convulsioni, per poi morire nel giro di pochi istanti. Raccolsi la pistola e mi diedi alla fuga, puntando in direzione della fitta rete di viuzze della periferia. Inutile proseguire verso il centro: a quest'ora la città era di certo già stata invasa e distrutta.

Ero sicuro che l'altra creatura mi avrebbe colpito alle spalle. Ma anche quella mancò il bersaglio.

Mi voltai di nuovo e le sparai contro, incenerendola.

M'infilai in una stradina e corsi a perdifiato.

Non sapevo dove sarei andato a finire. Ero scosso da brividi freddi e a ogni passo ero convinto che sarebbe saltato fuori un altro di quei mostri e mi avrebbe fatto fuori. Questa certezza mi martellava in testa, mentre strepiti e boati riempivano l'aria.

Nonostante tutto continuavo a correre, spinto dal naturale istinto di conservazione insito in ogni essere vivente. Strisciai in uno spazio stretto e buio e mi rannicchiai come un insetto. Per quegli esseri non ero nulla di più di una blatta insignificante che teme di essere schiacciata da un momento all'altro.

Sarei stato al sicuro o mi ero messo in trappola da solo?

Se mi avessero scoperto cos'avrei fatto? Avrei combattuto come un disperato, aggrappandomi alla vita? Se anche fossi riuscito a difendermi in un eventuale scontro, a un certo punto la mia arma avrebbe esaurito la sua carica di veleno. Cos'avrei potuto fare dopo? Magari invece mi sbagliavo e quella roba si auto-rigenerava da sola. Non sapevo cosa pensare.

Il cuore mi batteva troppo veloce. Ripensai a Sales: lo rividi a ripetizione, dentro la mia testa, mentre il suo viso s'irrigidiva e si sbriciolava come terra. Sentii gli occhi uscirmi dalle orbite e la saliva colarmi dalla bocca, senza freno. La follia generata da quella visione e dalle urla strazianti che giungevano da lontano mi avrebbe ucciso prima.

Poi suoni e immagini si spensero. Evidentemente ero collassato.

Quando ripresi i sensi non si udiva più alcun suono se non il leggero sibilo del vento.

Perché ero ancora vivo? Perché non ero sprofondato nel dolce, sereno e liberatorio abbraccio della morte mentre ero incosciente? Mi maledissi all'infinito e piansi in silenzio restando nascosto per molto, molto tempo.

Per cercare di non cedere alla follia mi misi a fissare la sottile striscia di cielo che riuscivo a scorgere dal mio rifugio e tenni il conto dei giorni che passavano. La luce si alternò all'oscurità per almeno tre volte. Mi bagnai i pantaloni varie volte. Venni torturato dai morsi della fame e dalla sete. Non riuscivo a muovermi. Ero annientato dalla paura, il ricordo della terribile morte di Sales sempre vivido nella mia mente. Pensai a tutti gli altri, ai miei genitori e mi chiesi che fine avessero fatto.

Fuori sembrava tornata la quiete. Forse gli alieni erano andati via o forse era intervenuto l'esercito e li avevano eliminati mentre ero svenuto. Nell'ultimo caso, però, avrei dovuto sentire dei rumori, delle voci. I soccorsi avrebbero pattugliato le strade in cerca di superstiti: possibile che nessuno si fosse accorto di me? No, infatti era impossibile. Ma soprattutto c'era un tremendo silenzio, da troppo tempo.

E se gli alieni avessero invaso l'intero pianeta? Se avessero sterminato la razza umana e dopo aver saccheggiato e depredato ogni risorsa se ne fossero andati? Se fossi l'ultimo terrestre rimasto?

Questo nuovo pensiero iniziò a scavarmi il cervello come un verme, sempre più in profondità. La mia anima soffrì e bruciò nel tormento. Fu persino più terribile dell'idea di ritrovarmi nuovamente faccia a faccia con uno di quegli esseri.

Infine mi arresi: non potevo più rimanere lì. Dovevo sapere, vedere con i miei occhi cos'era accaduto. Dovevo uscire! E poi non sarei sopravvissuto ancora a lungo senz'acqua.

Provai delle fitte atroci quando tentai di rimettere in moto le membra anchilosate, ma non mi importava nulla.

Finalmente, dopo svariati tentativi, riuscii a fare qualche passo. Le gambe mi reggevano appena.

Lasciai il nascondiglio e tenendomi al muro compii il percorso all'indietro.

Tornai nel vicolo dove si trovava una delle uscite di sicurezza del complesso fieristico, lo stesso che risaliva verso il centro della città, dove le creature avevano sbarrato la strada a me e Sales, trasformando quest'ultimo in un mucchietto di cenere. Questa volta l'attraversai a passo spedito, raggiunsi la piazza e lì mi arrestai di colpo.

Lasciai cadere l'arma aliena che, senza nemmeno farci caso, avevo tenuto stretta in pugno fino a quel momento, e feci vagare lo sguardo in ogni direzione. Pensai che dovevo avere un'aria davvero stupida in quel momento.

Venni scosso da una specie di singulto che subito dopo si trasformò in risata. Risi sempre più forte, in maniera sguaiata. L'eco risuonò in tutto il quartiere, in tutta la città.

Capii che mi avevano aspettato apposta, in silenzio, per tutto il tempo. Avevano atteso che venissi consumato dall'angoscia e uscissi allo scoperto dopo aver perso il senno. Chissà con quanti altri prima di me avevano fatto lo stesso sadico giochetto psicologico.

Come potevo accettare una cosa del genere? In un giorno qualunque la mia realtà, la mia vita, il mondo erano stati stravolti, devastati, spazzati via senza preavviso, senza avere il tempo di metabolizzare la situazione, prepararsi, reagire.

L'ultima cosa che potei fare fu ridere. Ridere sempre più forte mentre migliaia di volti alieni mi fissavano con occhi vacui, puntandomi contro le loro armi e facendo fuoco.

Vista futura

di Piero Milotti

Alessandro lavorava in un bar. Era solito svegliarsi molto presto la mattina visto che il bar della stazione universale, luogo in cui lavorava, apriva prima che sorgesse il sole artificiale. I primi avventori erano i terminanti turno. Medici, infermieri e vigilanti notturni, i primi clienti che, a volte, attendevano impazienti l'apertura del bar. Erano tutti sempre molto agitati, impazienti di potersi recare a casa per riposare dopo un estenuante turno.

Tra i vigilanti notturni c'era il vecchio amico d'infanzia di Alessandro: Alfredo. Era un ragazzo burbero, non molto simpatico, dai modi grezzi. Alto, robusto e con un vistoso tatuaggio, di dubbio gusto, sul collo. La sua barba, folta ma ben curata, delineava il suo spigoloso viso. I suoi occhi, di un azzurro agghiacciante, spiccavano tra quei lineamenti rendendoli ancor più marcati e definiti. I due si conoscevano fin dall'infanzia, avendo trascorso tutta la loro educazione scolastica sempre insieme. Caratterialmente opposti ma anche complementari, avevano preservato la loro amicizia, unica e fuori dal comune. Ad Alessandro faceva piacere la compagnia di Alfredo, per quanto non condividesse nessuno dei suoi pensieri ma non aveva mai pensato di fare a meno di quell'amico strano e ingombrante. Alfredo, dal canto suo, vedeva in lui un amico sincero, un confidente e un rifugio tranquillo su cui riversare le ansie quotidiane o i problemi familiari. Alfredo aveva una moglie assillante e gelosa, due figli non troppo intelligenti e tre cani che soleva accompagnare al parco per distrarsi e prendersi una pausa da quello che lui definiva un carcere a vita.

– Giovane, un caffè grazie – disse Alfredo.

– Subito, come lei chiede – rispose Alessandro e, guardando Alfredo negli occhi, proseguì dicendo: – Com'è andata questa notte? Incontrato qualche alieno? Coboldi in cerca di tecnologie da razziare? O hai dormito tutto il tempo nella tua vettura?

– So che per te i coboldi sono insignificanti e innocue creature, ma sono un pericolo! Attaccano in gruppo, la loro arma è il numero. Hanno un obbiettivo...

– Sì, la tua pazzia – lo interruppe.

– No, cercano la chiave strutturale di Vista Futura – disse Alfredo, abbassando il tono della voce.

– Cosa mai se ne farebbero i coboldi di questa chiave? Non sei tu il primo ad affermare che sono un popolo ozioso e stupido?

– Certo non sono creature intelligenti, ma immagina il potere che acquisirebbero se si impadronissero di una tecnologia tanto avanzata.

– Sì, il potere di fuggire e ricrearsi una vita in un altro pianeta, magari verdeggiante e che abbia un sole vero e non artificiale come il nostro. Magari privo di radiazioni nucleari e di insane polveri desertiche radioattive.

– Parlo sul serio! Ci superano di mille volte nel numero. Si muovono sempre in gruppi numerosi. Non sono molto organizzati ma, trovato il loro leader, potrebbero invaderci e sottometterci tutti. Le formiche, da sole, sono silenziose e innocue, immagina un milione di formiche, quelle sì diverrebbero rumorose e pericolose.

– Sì, povere insalate, sarebbe la loro fine – rise Alessandro.

– Ho capito, con te è tempo perso. Piuttosto, come stai? Non ti vedo più in giro, non esci di casa, non scrivi più quelle orrende poesie su Plus, non dirmi che stai ancora sotto a quella tipa della luna... come si chiamava?

Alessandro lo fissò per un secondo senza rispondere.

– Te lo avevo detto che era evidentemente una sociopatica – continuò Alfredo. – Come ti avevo consigliato l'uso di Vista Futura.

– Sai che non posso permettermelo.

– Ma che dici? Basterebbero due settimane della tua paga e poi ho sentito che per chi non lo ha mai usato è gratis. Io l'ho usata e ora sono felice e ho evitato ogni tipo di sofferenza e di rischio, per non parlare dei tradimenti. Dormo tra due guanciali soffici soffici.

– Ma se ti lamenti di continuo di tua moglie e dei tuoi figli e passi metà della tua mattinata qui, al bar, lontano da loro.

– Le gioie del matrimonio...

– E poi – disse Alessandro, – non voglio un oracolo di un metandroide sul mio futuro, voglio scriverlo da solo quel testo.

– Sì, rimanendo uno sfigato, solo per tutta la tua esistenza, chiedendoti, di continuo, dove sbagli e continuando a minare la tua già scarsissima autostima.

– Ecco a te, il caffè macchiato col sangue del tuo unico amico...

– Non volevo offenderti, sei troppo permaloso! Lo vedi che ti dovresti trovare una donna!? – disse Alfredo prima di bere il caffè.

– Sì, come no.

- Ciao triste sfigato, torno dalla mia adorata famiglia. A domani.

– Ma domani non hai riposo?

– Ah, già, dimenticavo! – disse chiudendosi la porta dietro di sé.

Passarono diverse ore e ormai Alessandro era in procinto di terminare il suo turno lunare.

– Pulisci il magazzino e vai! – ordinò il direttore.

Alessandro, come ordinato, pulì il magazzino, inserendo i comandi universali nei robot pulitori, si cambiò e andò via.

I taxi lunari passavano di continuo. Lunghissime file nere e gialle percorrevano le vie dell'isola di Vecchio Messico. Il mare risuonava, fragoroso, con le sue onde, anche se prosciugato dall'ultima guerra. L'algoritmo che ne riproduceva l'essenza lo faceva sembrare quasi naturale. Alessandro ricordava il mare, le maree e il modo in cui la luna interagiva con esso, ne ricordava il profumo, l'odore del sale dopo una nuotata.

Salì nel taxi e si sedette in un piccolo spazio del tutto robotizzato. Inserì la sua destinazione e in pochi secondi si ritrovò sotto l'enorme grattacielo in cui viveva. Entrò nel suo appartamento, vuoto e silenzioso. Era indeciso se farsi una doccia e uscire o rimanere a casa e intrattenersi con la realtà virtuale aumentata e, magari, chattare un po' su Plus con i suoi amici virtuali. Scelse di rimanere a casa. Mangiò un pasto veloce e vide una serie tv del tardo 2000. Quelle serie lo avevano sempre incuriosito, le trovava magiche e oscure, prive di migliorie tecnologiche ma affascinanti e attuali anche per il suo tempo.

Alessandro, nel suo letto, non riusciva a prendere sonno. La giornata lavorativa era stata faticosa ma non abbastanza da sfiancarlo. Ripensava alle parole di Alfredo che, in qualche modo, lo avevano colpito e, suo malgrado, destabilizzato.

Mise su un'ennesima serie tv, fin quando il sonno ebbe la meglio. I suoi sogni furono tormentati. Dapprima sognò il suo licenziamento e la sua rovina economica; in seguito, Alfredo che gli mostrava il suo futuro solitario e infelice; in ultimo, una dolcissima presenza femminile al suo fianco che lo baciava mentre piangeva.

Al suo risveglio Alessandro era confuso, triste e disorientato. Accese lo schermo per mandare via quel senso di confusione. Un servizio del notiziario lo colpì. Era messo in discussione il tempo di registrazione nell'algoritmo di Vista Futura. Tutti sapevano che Vista Futura poteva essere usata solo nell'arco temporale del presente e preveggendo un'arcata temporale ben definita. In passato, svariati hacker avevano provato ad alterarne l'interfaccia e diversificare l'arcata temporale, ma senza successo, la tecnologia aliena era blindata. Molte delle teorie complottistiche narravano di intrighi tra alieni e umani al potere, mettendo in dubbio il modo di usare il programma alieno e paragonandolo a una enorme manipolazione mentale avente come scopo una nuovissima religione, ovvero il controllo dell'intera razza. Alessandro non credeva a queste teorie o, almeno, non del tutto ma, al contrario della maggioranza dei terrestri, non aveva mai usato Vista Futura, nonostante gli fosse stato offerto un servizio di benvenuto del tutto gratuito.

Spento il televisore, si diresse in bagno e si preparò alla nuova giornata lavorativa.

La stazione spaziale si presentava in tutta la sua eleganza e possenza. C'era un insolito fermento. Una moltitudine di persone affollava ogni spazio. Nonostante fosse l'orario lunare di punta, la stazione non era mai stata così gremita, nemmeno in occasioni solenni di arrivi da parte dei visitatori alieni.

– Ma che sta succedendo? Sono tutti impazziti? – chiese Alessandro entrando nel bar.

– Oggi non si capisce niente! Vanno tutti alle Grandi Torri. Tutti a Vista Futura. Forse regaleranno pacchetti omaggio o forti sconti – rispose il direttore.

– Non capisco l'esigenza di dover conoscere il proprio futuro. È come vedere un film che già sai come va a finire, ma che senso ha?

– Se avessi usato Vista Futura di certo non ti troveresti solo e depresso. Avresti fatto le scelte giuste ed evitato forti dispiaceri e magari ora avresti una bella famiglia anche tu, invece di ritrovarti solo e inutile in una casa vuota e silenziosa che aspetta il tuo inutile ritorno.

– Non credo che sia una macchina a dover stabilire il mio futuro, né a dettarne le scelte che porteranno a esso, giusto o sbagliato che sia. Non penso sia giusto far decidere a un algoritmo chi mi darà la felicità o chi mi farà soffrire – rispose seccato Alessandro.

– Ma che dici! Vista Futura è sicura al cento per cento. Non c'è mai stato un caso errato. Tutti sono felici, nessuno soffre più per decisioni sbagliate.

– Ti sei mai chiesto che tipo di persona sei?

– Cosa intendi?

– Le azioni che compi e le sofferenze che esse provocano determinano il tuo carattere, il modo di interagire con gli altri, la tua sensibilità emotiva e la tua autostima. Che tipo di persona saresti stato senza Vista Futura? Di certo non quella che sei oggi. Saresti stato meglio? Saresti stato peggio? A volte le sofferenze servono al nostro percorso emotivo, ci aiutano a evolverci, a ragionare, a percorrere strade diverse ogni volta. Un algoritmo non può, di certo, calcolare questo. Non potrà mai sapere quali emozioni potrebbero distruggerci e quali fortificarci. Nel vecchio mondo la depressione è stato il male più violento della società, portandola al collasso e all'autodistruzione. Erano, tuttavia, persone in grado di provare empatia, odio, rabbia e amore. Persone coraggiose che affrontavano quotidianamente le proprie paure, i propri limiti. Persone che imparavano dagli errori, fortificandosi da essi, riuscendo a rialzarsi di continuo. E se un giorno Vista Futura compisse il primo errore? Nessuno avrebbe più la forza di rialzarsi, di ricominciare, di rischiare. Tutti inglobati in un'artificiosa felicità dettata da una macchina che non sbaglia ma che non tiene conto di nessuna emozione. Lo vedi? In tutti i matrimoni nessuno lascia più nessuno, è vero, ma quanti sono davvero felici? Quanti, sinceramente, rifarebbero le scelte fatte? La forza dell'uomo non è nella felicità ma nel dolore. Ciò che rende la vita unica è il suo essere fugace. Senza la morte, la vita perderebbe di significato. Così la felicità, senza il dolore, perderebbe la sua unicità, la sua bellezza. Il dolore rende preziosa la felicità, il ricordo del malessere ti fa assaporare appieno un momento gioioso, unico e irripetibile – concluse Alessandro.

– Ed io che ti ho assunto per servire colazioni e aperitivi! Avresti dovuto fare il poeta o l'inventore. Tieniti pure la tua sofferenza e i tuoi discorsi, io mi terrò la mia felicità e il mio successo lavorativo. Ora mettiti al lavoro – ordinò il direttore.

Alessandro ubbidì. Le sue stesse parole gli avevano dato coraggio e stimolo. Pensava di aver trovato la quadratura perfetta del cerchio della sua esistenza. Continuò, tuttavia, il suo monotono lavoro. La giornata lavorativa proseguì lentamente ma con grande risultato.

Alessandro stava cenando, da solo, nel suo appartamento. Una calda e delicata musica usciva dalle casse del suo impianto sonoro. Un jazz malinconico e romantico riempiva la stanza. Lo schermo, d'improvviso, si accese da solo. Veniva trasmesso il discorso del Sovrano Spirituale su tutti i dispositivi digitali. Un nuovo decreto dettato direttamente dalle alte sfere dei Visitatori imponeva a tutti gli esseri umani di far uso, obbligatoriamente, di Vista Futura. L'obbligo era vincolante, nessuno poteva esserne escluso e per nessun motivo. Tutte le unità di controllo, entro un'ora, avrebbero preso di forza chi non si era presentato, spontaneamente, alle Grandi Torri. Si sarebbe iniziato dalle persone che non avevano mai usufruito di Vista Futura. Non sarebbe stato richiesto nessun costo economico ma solamente la piena collaborazione. Il servizio era necessario in quanto tutelava il benessere comune. La collettività prima di tutto, questo era il loro motto. Decadeva ogni possibilità di scelta, il tutto in nome di un benessere superiore.

Alessandro spense lo schermo e si alzò di scatto dalla sedia. Si guardò intorno sentendosi in trappola, senza respiro. Vide dalla finestra le enormi navi detentive che si affollavano nei cieli dell'isola. Come gigantesche mosche avevano occupato tutti gli spazi aerei coprendo il cielo nero. Le navi erano lì, sospese, immobili.

Le porte si serrarono, tutte, automaticamente. Un annuncio venne proiettato su tutti i led delle facciate degli edifici. Un invito a seguire, senza opporre resistenza, le forze robotiche mandate a prelevare i primi esseri umani. Alessandro udì il rumore di passi lungo tutto l'edificio. Un rumore di passi ordinato e veloce, che si avvicinava alla sua porta. La porta si spalancò.

– Ci segua senza opporre resistenza, cittadino 3289016. Lei risulta mancante di Vista Futura. Mani in alto e si consegni spontaneamente o saremo costretti ad agire con la forza – disse il robot agente puntando il suo fucile alimentato ad energia oscura.

– Non lo farò mai! Ho i miei diritti! Non potete costringermi a fare qualcosa contro la mia volontà, è contrario al trattato universale dei Visitatori – rispose Alessandro.

– I trattati sono sospesi fino a nuovo ordine! – echeggiò di nuovo la voce metallica, intransigente.

– Non ho intenzione di ottemperare alle vostre richieste!

Un raggio partì dal fucile del robot, Alessandro fece appena in tempo a gettarsi su un fianco ed evitarlo. Il raggio frantumò la finestra e il tavolo al centro della stanza. Alessandro vide la finestra rotta e corse sul balcone al 147° piano dell'edificio. Le enormi navi iniziavano ad atterrare sui tetti. Le strade erano gremite dai vigilanti notturni. Non aveva via di fuga. Con le lacrime agli occhi alzò le mani in segno di resa. I robot si avvicinarono a lui. Le lacrime scendevano veloci sul viso di Alessandro, si sentiva privo di scelta, si sentiva depredato di ogni sua intima convinzione. Solo contro un mondo che abbassava la testa a un dominio di conquistatori alieni.

– No, questo non posso accettarlo! – disse alzandosi di scatto e lanciandosi dal balcone.

Mentre il corpo di Alessandro precipitava veloce, i suoi ultimi pensieri furono rivolti alla donna della luna che, seppur per poco tempo, lo aveva reso felice, sicuro. Lo aveva, in fondo, reso l'uomo che era diventato.

La creatura del mare

di Patrizia Lo Bue

Si nascondeva tra le rocce della scogliera sommersa, nell'oscurità del mare più profondo, dove il blu delle acque diventava buio, lì dove i raggi del sole non giungevano; si camuffava forse per paura o per difesa o per poter catturare meglio le sue prede. I suoi occhi di smeraldo brillavano di una luce particolare e la sua pelle diafana aveva il colore delle perle. Ma ciò che aveva di più bello era una lunga chioma fluttuante e dorata che l'avvolgeva come un manto. Una creatura misteriosa e incredibile, chi fosse e come fosse giunta in quel luogo nessuno lo sapeva ed erano mille le congetture che potevano formularsi a riguardo. Emetteva dei suoni, simili al linguaggio dei delfini, con cui cercava di dialogare con le altre specie marine e, per quanto incredibile, ciò che si vedeva era una bellissima donna nuda che respirava e viveva in fondo al mare e che per sopravvivere si nutriva di pesci, ipnotizzando le sue vittime. Quando si sentiva stanca, si rifugiava in una grotta creata dall'erosione del mare: una spelonca buia, colma di cunicoli, dalle pareti ricoperte di rigogliosa vegetazione marina costituita da alghe, madrepore color arancio e spugne incrostanti dai mille colori, frequentate da innumerevoli specie marine perfettamente mimetizzate in quell'ambiente.

In quel mondo silenzioso, ma brulicante di vita, quella strana creatura viveva senza porsi domande, animata da una vivace curiosità e da un istinto che la spingeva a esplorare i fondali; ciò che la divertiva più di ogni altra cosa era un antico veliero, un relitto adagiato sul fondale sabbioso, sprofondato a causa di un violento nubifragio, in cui lei si addentrava come fosse un gioco. Vi trascorreva parecchio del suo tempo, tra antichi vasi ancora intatti, merci, cordami e altri resti, anche umani. Possedeva una strana intelligenza e un'innocenza disarmante che le faceva intuire la sua particolare condizione di strana creatura, priva di identità, adattata a vivere in un contesto sconosciuto.

Antonio Verri osservava attentamente la carta del mare stesa sul tavolo dello studio. Era sicuro di aver trovato ciò che cercava da molto tempo. Quella nave carica di ogni ben di dio doveva essere sprofondata negli abissi marini proprio in quel punto. Numerose erano le testimonianze di antichi cronisti che descrivevano traffici di mercanzie che avvenivano lungo le coste, lì dove il mare cessava di essere Mediterraneo per divenire Oceano, grande, infinito e tempestoso. Rifletteva che, se le sue ipotesi di archeologo marino si fossero dimostrate veritiere, avrebbe portato alla luce nuovi pezzi straordinari che avrebbero arricchito il suo museo e avrebbero finalmente confermato che nell'antichità i traffici non avvenivano soltanto nel chiuso del Mare Nostrum ma andavano oltre, verso mete lontane, oltrepassando le temibili Colonne d'Ercole, per proseguire nell'Oceano Atlantico.

Segnò un punto sulla grande mappa, cerchiandolo di rosso. Era lì che doveva indagare. Se i suoi calcoli si fossero rivelati esatti, l'antico veliero doveva essere posizionato proprio in quel punto. Le sue riflessioni vennero interrotte dallo squillo del cellulare che indicava sul display il nome di Anny, sua collega innamorata, con la quale aveva avuto una breve relazione.

– Ciao Anny, dimmi.

– Non mi dire che studi ancora quelle carte!

– Certo che sì, domani vado al largo e inizio le immersioni.

– Da solo? Ma sei pazzo?

– Per il momento farò le esplorazioni da solo, un collega verrà con me ma rimarrà a bordo.

– Vuoi che venga anch'io?

– Non se ne parla Anny, stai tranquilla. So quello che faccio e so andare sott'acqua.

– Già, ma vai in un posto dove il mare è molto profondo.

Irritato dall'insistenza della donna che non smetteva di stargli dietro, Antonio troncò la conversazione.

– A presto Anny, vedi di star tranquilla.

– Mah, sei proprio un incosciente!

– Ciao, ciao – e chiuse con uno scatto.

Anny era carina e la loro breve storia era stata gradevole ma adesso era proprio infastidito dalla sua invadenza e aveva deciso che ormai era diventato necessario allontanarla. Tutto sommato Antonio era un tipo che amava essere libero, senza legami. Amava studiare e leggere e detestava il chiacchierio che a volte si formava quando stava con gli amici. Prossimo ai quaranta, non bello, piuttosto interessante e con un carattere complicato, aveva capito di non essere portato a formare famiglia e che il lavoro e la passione per il mare lo coinvolgevano così tanto da farlo ritenere soddisfatto della sua vita. Abitava in una villetta della periferia cittadina in una straordinaria posizione dominante che gli consentiva di rimanere in ammirazione contemplativa dell'Oceano e quella visione lo faceva star bene e libero, quel luogo gli regalava sensazioni che altri luoghi o persone riuscivano solo a spegnere.

Si era fatto buio e il vento che si era sollevato trascinava le onde che finivano per infrangersi con fragore sugli scogli e sulla spiaggetta che si stendeva poco distante da casa sua. Desideroso di una boccata d'aria, uscì, stupito e ammirato dello spettacolo creato dal tappeto di stelle che illuminava il cielo. Proseguì verso la spiaggetta, desideroso di respirare l'aria divenuta fresca e colma dell'odore salmastro del mare.

Calpestò la sabbia umida, imprimendovi orme con la forma delle sue scarpe e, mentre camminava, rifletteva su tutto quello che avrebbe dovuto fare l'indomani. Poi, sopraffatto dallo spettacolo dell'immensità del mare e del cielo, non pensò più a nulla, si rilassò e si sentì felice. Di fronte alla grandezza di quella visione era piccolo e smarrito, ma anche una parte di essa.

Il sole era già alto quando Antonio, con il collega Giovanni e con Martino, il pilota dell'imbarcazione, giunsero in motoscafo in prossimità del punto che la sera precedente Antonio aveva segnato sulla cartina con un cerchio rosso. Antonio aveva indossato già la muta e verificato le bombole di ossigeno. Era pronto, ma una strana emozione lo tratteneva.

– A posto, Antonio? – fece Giovanni che avrebbe monitorato i suoi movimenti dalla nave con un nuovo apparecchio elettronico, e aveva notato uno strano tremito nell'amico.

– Sì, a posto – fece l'uomo guardando il mare divenuto ormai calmo. Poi prese posizione e si tuffò.

L'immersione era avvenuta correttamente, e Antonio cercava di avvicinarsi quanto più velocemente possibile al fondale sabbioso, mentre colonie di piccoli pesci che si spostavano in gruppo si facevano da parte. Con le attrezzature che aveva portato con sé avrebbe cercato di documentare al meglio quella vita sommersa e ciò che le acque nascondevano, anche da secoli, alla vista di chi viveva sulla terraferma. Era sicuro che tra le sabbie e le pareti verticali dei sistemi rocciosi dei fondali si trovasse adagiato, in un sonno ormai definitivo, il veliero distrutto dal naufragio, trasformatosi in gigantesco guscio per le tane di pesci e molluschi, nascondiglio per gli squali, ma ancora carico di tutte le mercanzie che trasportava, utili testimonianze per le sue ricerche di archeologia marina.

Il buio delle acque profonde era illuminato da un faro che Antonio aveva posizionato sopra la sua testa, e quella luce gialla fendeva le acque e spaventava la fauna marina che incrociava.

All'improvviso, si trovò davanti alla strana creatura ed ebbe paura per quegli occhi di smeraldo davanti a sé, simili a quelli di una gatta, per quel viso bianco inespressivo, e si ritrasse, pensando che si trattasse di una donna morta. Sconvolto dalla visione, la guardò nuotare via con quel suo corpo flessuoso semicoperto dai lunghi capelli. La raggiunse e le toccò la spalla, lei girò il capo e lo guardò con quegli occhi straordinari, come grandi fari brillanti. Per una strana alchimia rimasero a fissarsi e Antonio ebbe la sensazione di percepire le sue paure, come se telepaticamente comprendesse il pensiero di quella creatura con sembianze femminili. Gli comunicava di spegnere quel faro che la infastidiva e di lasciarla stare, perché aveva paura.

Antonio le chiese chi fosse e come riuscisse a respirare sotto il mare. Ma lei in preda al panico fece uno scatto indietro e fuggì via, velocemente, talmente velocemente che fu impossibile raggiungerla di nuovo.

Aveva forse sognato? Doveva aver visto un miraggio o avuto un'allucinazione: era impossibile che fosse reale. Continuò la sua esplorazione e finalmente davanti ai suoi occhi si delineò il veliero, maestoso e ferito, senza più colore né vita. Lo contemplò, fece delle riprese con la videocamera e progettò mentalmente il modo per riportarlo sulla terraferma. La voce dell'amico attraverso l'apparecchio si fece risentire e così, dopo un altro giro di perlustrazione, risalì verso la luce. Decise che non avrebbe detto nulla dell'incontro con quella creatura, che egli stesso non sapeva come definire, se reale o allucinazione. Sarebbe ritornato giù da solo con calma l'indomani, per capirne un po' di più, per chiarire il mistero che si celava in quella visione.

Con la scusa di dover studiare alcuni reperti trovati, congedò il suo amico Giovanni e il pilota Martino, e all'alba del nuovo giorno, con una imbarcazione di sua proprietà, si avviò nuovamente verso quel delimitato riquadro di mare.

Si era immerso da poco e iniziava la discesa verso le acque profonde, quando se la ritrovò davanti. Non era un sogno! Era tutto vero, allora. La guardava estasiato attraverso la maschera ed sua ammaliato da quegli occhi luminosi come smeraldi.

Le chiese attraverso il dialogo telepatico, l'unico possibile, chi fosse, e la straordinaria creatura rispose che non lo sapeva. Si era svegliata in quel luogo sconosciuto ed era solitaria e triste.

– Sono Antonio, tu non hai nemmeno un nome?

La creatura scosse il capo mestamente.

– Ti do un nome io, ti chiamo Smeralda, perché i tuoi occhi brillano come due smeraldi che se non lo sai sono pietre preziose. Ti piace questo nome?

La sentì contenta come una bimba, e Smeralda, per dimostrare la sua gioia, compì due giravolte, avvolgendo su se stessa la lunga chioma dorata, che la copriva come un vestito.

Improvvisamente Antonio si sentì a proprio agio a nuotarle accanto, mentre una gioia sottile gli si insinuava dentro, provava una strana emozione che per lui, lupo solitario, era una sensazione nuova. La seguiva fluttuando tra le acque, come se seguirla equivalesse ad andar dietro a uno straordinario destino; un destino bizzarro forse ordito da un mago invisibile. Si trovava immerso in un'avventura di cui ignorava i confini, come se si fosse di colpo ritrovato in una dimensione di vita del tutto differente da quella terrena a cui era abituato.

Nuotando tra le acque profonde attraversarono grotte e fenditure rocciose, giunsero presso l'antico veliero e rallentando lo perlustrarono incuriositi e allegri, entrando persino nelle cabine interne. Antonio analizzava mentalmente tutto ciò che incontrava sotto i suoi occhi e si rese facilmente conto che quel luogo era una miniera di informazioni utili per le ricerche che stava effettuando, iniziando a ipotizzare l'origine e la datazione dell'imbarcazione.

Infine, si fermarono sul fondale sabbioso e rimasero a guardarsi rapiti l'uno dall'altra, soggiogati e uniti in un dialogo empatico e profondo che scandagliava le verità reciproche. Lui le propose allora di salire su, di provare a venir fuori dall'acqua per verificare se per lei fosse possibile respirare ugualmente. Lei annui timidamente e con uno scatto iniziarono a risalire verso l'alto. La luce del sole li investì, abbagliandoli. Con le teste fuori dal mare, iniziarono la prova e dopo alcuni minuti poterono verificare che lei continuava a respirare tranquillamente. Grondanti d'acqua salirono sull'imbarcazione, si asciugarono e Antonio le fece indossare dei vestiti asciutti. Una volta entrati in cabina, lui iniziò a spiegarle il suo lavoro mentre preparava da mangiare. Fuori dall'acqua il pallore di Smeralda si era accentuato e aveva un'aria smarrita che gli abiti maschili e i lunghi capelli incollati d'acqua avevano accentuato. Ma i grandi occhi verdi sembravano brillare maggiormente. Qual era il mistero di questa giovane donna? Antonio cercò di aiutarla a ricordare, ma nulla.

Dopo aver consumato quel pranzo insolito, Smeralda si addormentò sul divanetto, cadendo in un sonno profondo e pesante. Antonio non la finiva più di guardarla, ne valutava la straordinaria bellezza e il mistero. Sembrava una bambina sperduta e inconsapevole. Si sentiva legato emotivamente a lei, la sua presenza lo colmava di gioia. Capì di essersi innamorato di una creatura di cui non sapeva nulla ma che di certo celava il segreto di un qualche avvenimento spaventoso. Accese il computer e iniziò la ricerca su episodi eccezionali riportati dalla cronaca, avvenuti in quella zona negli ultimi vent'anni. Scorreva immagini, titoli, notizie. Niente, non trovava nulla, poi lo colpì un trafiletto che riportava di una esplosione avvenuta presso un laboratorio dove si effettuavano ricerche di genetica umana. Eccola la risposta! Era la conferma di una delle possibili ipotesi. Approfondì la notizia, scoprendo dettagli che rispondevano ai quesiti che si andavano affollando nella sua mente. Ecco: Smeralda era nata embrioni umani su cui avevano effettuato esperimenti nel laboratorio che aveva sede presso la scogliera della città vicina. L'esplosione aveva distrutto tutto, ucciso alcuni ricercatori e molto materiale era finito in mare. L'embrione di Smeralda era sopravvissuto e aveva trovato il suo habitat, adattandosi al mondo sottomarino in cui era poi cresciuta. Ecco tutto spiegato. Ma che vita aspettava Smeralda? Come spiegarle tutto questo?

Quando lei si svegliò, era pallida e triste e lo guardava con quei suoi occhi verde brillante, come se intuisse che avrebbe presto scoperto qualcosa di brutto che la riguardava. Imparava velocemente e possedeva una percezione totale di tutto ciò che la circondava.

Biascicò il nome di Antonio e lui le si avvicinò accarezzandola. Pur desiderandola pazzamente, cercava di contenersi per rispetto della sua fragilità, del suo essere vittima inconsapevole di azioni umane scellerate. Si limitò a baciarla, bacio che lasciò lei stupefatta. Ma, fuori dal mare, stava via via diventando sempre più pallida e spenta, come se le forze la stessero lentamente abbandonando. Antonio capì che fuori dall'acqua non ce l'avrebbe mai fatta e decise di riportarla subito in mare. Era in quello spicchio di oceano che sarebbe vissuta e lui sarebbe andato a trovarla. Non era una soluzione ma era l'unica per permetterle di continuare a vivere.

Con la scusa del suo lavoro, Antonio prese a trascorrere tutto il tempo possibile nelle vicinanze del braccio di mare dove viveva lei e, ovviamente, la cercava soltanto quando era da solo, poiché con la sua squadra di sommozzatori aveva iniziato il lavoro di raccolta e ripulitura dei reperti del veliero da destinare al museo. Trascorse altro tempo, e Antonio era sempre più innamorato, cosa che non era sfuggita a Anny che indagava sempre più su di lui, rosa dalla gelosia, ma non sapeva di chi essere gelosa: forse solo del suo lavoro, una passione vera e propria.

Ma poi un giorno Antonio non trovò più Smeralda; la cercò e la invocò disperatamente, perlustrando ogni possibile angolo ma non c'era traccia della sua amata. In lui lentamente iniziò a farsi strada la rassegnazione e giunse al punto di pensare ancora di avere sognato, di avere avuto delle allucinazioni; ma intanto il dolore per quella pazza situazione non gli dava pace.

Il suo lavoro invece era coronato dal successo. Ma la sua vita rimase legata a quello strano avvenimento, al ricordo fantastico di quella straordinaria creatura dagli occhi verdi brillanti, scomparsa poi nel nulla. Spesso dalla sua casa, ormai avanti negli anni, si affacciava sulla veranda, ammirando lo spettacolo del mare con le sue mille sfumature e i suoi molteplici colori, ora calmo e cristallino, ora burrascoso con onde che si infrangevano rumorosamente sugli scogli. Solo di fronte a quello scenario maestoso, se pur familiare, trovava pace e sentiva di unirsi ancora a lei. Sarebbe rimasto uno dei tanti innumerevoli misteri del mare, un fenomeno inghiottito nel buio di quell'oceano affascinante e grandioso, ma anche pauroso, colmo di insidie e pericoli nascosti.

Antonio sorseggiava il suo caffè, già pronto per recarsi al museo, dove lo attendeva la sua squadra di collaboratori. Stava per andar via ma rimase a guardare incantato un grande gabbiano che dopo aver volato attorno alla veranda, si avvicinò poggiandosi infine su una colonnina del grande balcone. Sembrava stanco, come se avesse volato per molto tempo, ma era bellissimo. Il grande gabbiano si riposò, poi spiccò il volo e tornò a volteggiare libero nel cielo.

19 bio da brivido

Francesco AUDINO è nato a Roma nel 1996, ed è da sempre appassionato di storie e racconti. Dopo il diploma ha intrapreso studi di cinema, e attualmente si dedica sia a cortometraggi e ad altri lavori in ambito filmico, che alla sua passione, mai lasciata indietro, per la scrittura. Ha una predisposizione per le storie con un tocco cupo o misterioso, ma che non si discostino troppo da quello di cui ogni storia dovrebbe parlare: noi stessi e gli altri.

Cristina BASILE, traduttrice ed illustratrice, risiede ed espone le sue opere a Parigi. Arrivata in Francia per i suoi studi, la distanza dal suo paese e dalla sua cultura ha reso ancora più intenso l'amore per la sua lingua. È presente nelle antologie *Favole dal Mondo Expat* e *Sicilia Dime Novels,* ed ha pubblicato le raccolte di poesia *Io e Amigdala* (Aletti 2008) e *Confettis* (Santelli 2019). Ha collaborato con i blog *Letteratura al femminile* e *Donne che Emigrano all'Estero,* e attualmente è redattrice per la rivista di poesia e cultura *Niederngasse*, dove cura una rubrica di grafologia.

Marta BORTOLOMASI è nata a Torino nel 2003. Frequenta il liceo scientifico, le piace stare con gli amici, i giochi matematici, il pattinaggio, il tiro con l'arco. E ha un sogno nel cassetto: diventare una scrittrice. In terza media è arrivata prima al concorso *Saremo Scrittori,* e questo l'ha spronata a coltivare il suo sogno. Quello in questa antologia è il suo primo racconto ad essere pubblicato.

Luca Giovanni CANEVA è nato nel 1969 a Novi Ligure (AL), ma vive ormai da parecchi anni a Sanremo, dove lavora come vigile del fuoco. Laureato in scienze motorie, un passato di insegnante di educazione fisica, ha sempre coltivato la passione per la scrittura; ma solo negli ultimi anni ha deciso di partecipare a concorsi letterari, affinando il suo stile, focalizzato in racconti brevi o brevissimi di genere vario, con una spiccata vena ironico-grottesca. Nel 2020 ha pubblicato con Youcanprint le raccolte *Storie curiose da un mondo in cortocircuito* e *I senza sensi*.

Diego COCCO è nato nel 1979 a Valdagno (VI). Si è dato da poco un orizzonte temporale di dieci anni per riuscire a comparire su Wikipedia in pianta stabile, e non solo come frutto di palma. Le sue bizzarre velleità di autore lo portano intanto a percorrere ostiche salite contromano, nella speranza di raggiungere l'obiettivo passando per un'arteria liberata unicamente dallo sfogo della sua arte: continua così a disseminare il web di racconti e poesie, torturato dal ticchettio dell'orologio biologico e dalla scioccante visione del suo corpo trafitto da una masnada di cannucce variopinte, pronte a risucchiarne la linfa letteraria per espellerla poco dopo sotto forma di critica acida e incolore.

Ida DANERI è nata nel 1959 a Vigevano (PV), dove vive con marito e figlia. Laureata in Economia e Commercio, svolge la professione di dottore commercialista, redigendo articoli tecnici per riviste e quotidiani di settore, e collaborando a opere specialistiche. Il suo amore per la scrittura si è incanalato in racconti e romanzi fantasy, che privilegiano sogno e magia. Nelle sue storie l'avventura e il dramma si fondono col romanticismo e con l'erotismo. Insegna scrittura creativa all'Unitre della sua città, e nel 2019 è uscito per Leonida il suo romanzo *Dentro l'anima*.

Alexandra Corina DIMA è nata in Romania, ma si è trasferita bambina in Italia con i suoi genitori. Appassionata, già dalla scuola, di letteratura, in particolare di scrittori romantici come Foscolo, Leopardi e Goethe, ha presto scoperto i romanzi storici, e quelli di genere fantasy e fantascientico. Ama scrivere poesie, ed è affascinata dalla cultura giapponese; soprattutto dagli animatori come Hayao Miyazaki e la sua ricerca della bellezza nel quotidiano e nella natura.

Raffaella DI MARO, nata a Lecce, ma romana di adozione, ha coltivato sin da adolescente l'hobby della scrittura, componendo poesie e scrivendo racconti. Da quando è in pensione, dedica più tempo a questa sua passione, che coltiva insieme all'amore per il cinema ed il teatro, e alla pratica dell'uncinetto e del cucito. Nel 2000 ha pubblicato la raccolta di poesie *Il bambino che non aveva mai visto il mare* (Il Calamaio), e nel 2018 è uscito il suo romanzo *Ciao Lucio* (Aletti), omaggio a Battisti nel ventesimo anniversario della sua morte, e al contempo affresco leggero e nostalgico di una generazione.

Giuliano FONTANELLA, veneziano, ha da sempre due anime artistiche: quella di musicista (suona il violino in orchestre ed ensemble di profilo internazionale, insegna al Conservatorio di Udine), e quella di giallista (suoi i pluripremiati romanzi delle indagini dell'investigatore Diego Spada: *La ragazza nel fiume*, *L'Affare Moreau*, *Figli dell'Angelo Nero*, *Il caso dell'assassino distratto e altre storie*, tutti editi da Robin).

Silvana LA MOGLIE è nata nel 1993 e vive a Rimini. Scrive sin dall'adolescenza. È stata finalista, con suoi racconti brevi, al premio *Leggende, storie e miti di altri tempi*, e al premio *Emozioni*. Il racconto incluso in questa antologia è la sua prima pubblicazione.

Patrizia LO BUE ama i libri, l'arte, la storia, la natura e gli animali. Vive a Sciacca (AG), sul mare. Ha pubblicato racconti e romanzi – *La ragazza dagli occhi verdi ed altri racconti* (Montag 2018), *L'Isola Scomparsa* (Elison 2019) – ispirati dalla sua Sicilia.

Roberta MENDUNI è nata a Trani nel 1979, e vive da sempre in Puglia. Laureata in Lingue e Letterature Straniere (inglese, francese e tedesco) ha viaggiato a lungo in Europa, occupandosi di traduzioni. Appassionata lettrice di romanzi e racconti italiani ed inglesi, negli ultimi anni ha esordito anche come artista e fotografa. Nel tempo libero ama passeggiare in riva al mare, e dedicarsi alla cura del suo giardino.

Piero MILOTTI è nato a Roma nel 1981. Il suo amore per la scrittura lo ha portato a suo tempo alla coraggiosa scelta di trasferirsi a Buenos Aires, lasciando un lavoro fisso per coltivare la sua passione. Ora di nuovo in Italia, continua a scrivere e pubblicare (poesie e racconti), legge (soprattutto sci-fi), e dipinge.

Sabina MORETTI è nata e vive a Roma, ha due figli e ama viaggiare. Violinista di professione, si è occupata, come docente di Conservatorio e come concertista, di repertori classici e contemporanei, di sperimentazioni didattiche, con incarichi in progetti e convegni internazionali. Legge noir, antropologia, fantascienza, narrativa e saggistica: ha pubblicato il romanzo *Zulu* (Il Seme Bianco 2019), e vinto il *Premio Speciale alla Personalità Creativa* del concorso *Idea Donna 2019*, con il racconto *Santa*. Oltre alla musica, alla lettura e alla scrittura, ama l'arte figurativa in tutte le sue forme, che su di lei produce l'effetto del migliore antidepressivo.

Veronica OLIVIERO è nata a Vico Equense (NA) nel 1988. Laureatasi in Ingegneria Elettronica all'Università Federico II di Napoli, lavora come sviluppatrice software per una multinazionale farmaceutica. È un'appassionata lettrice, soprattutto di romanzi e racconti di genere fantastico e dell'orrore, e scrive fin dall'adolescenza. Altre sue passioni, viaggiare e dipingere acquerelli a tema naturalistico.

Giuseppe RAINERI ha esordito, sotto lo pseudonimo Giulio Irneari, con il romanzo *Plissé* (Silele 2016), cui sono seguiti il romanzo breve in ebook *La biblioteca delle memorie minime* (Amazon 2017) ed il giallo/noir *Il patto* (Silele 2019). Di *Plissé* è in lavorazione un adattamento per il teatro.

Stefano TIBERIA è nato e risiede a Roma, Ha una formazione scientifica, ma è anche un amante della letteratura: da sempre osserva il mondo, e relativamente da poco prova a descriverlo nei suoi racconti. Appassionato di musica rock anni '70, condivide con la figlia tredicenne la passione per i fumetti, ed è un grande tifoso della AS Roma. È uno dei fondatori dell'associazione culturale *Un Mondo nel Cuore,* che si occupa di qualificare culturalmente il suo quartiere di residenza – all'estrema periferia di Roma Est – attraverso spettacoli teatrali, concerti, eventi sociali e qualsiasi cosa riesca a creare coinvolgimento.

Giovanni Luca VENTURA è un ex dirigente di banca, appassionato di astrofisica, fisica quantistica e fantascienza. Predilige i romanzi lunghi in stile Asimov, vale a dire basati su premesse scientifiche sviluppate in modo coerente. Ha scritto una saga di sei libri che vanno a definire un filone "spazio", collegati in sequenza temporale, e incentrati sulle vicende di tre personaggi principali. Esiste anche una sua saga del filone "tempo".

YAMI (o Yami Yume) è una giovane scrittrice originaria della Sicilia, che ama gli haiku, gli aforismi e le favole. Al suo romanzo d'esordio *Immagina* (Sangel 2011/Libro Aperto 2014) ha fatto seguire le raccolte di racconti *Black & Noir* (Kimerik 2014) e *Il bambino di latte e altre storie* (Kimerik 2015). Realizza le copertine e le illustrazioni di tutti i suoi libri. È collaboratrice esterna per Kimerik e scrive su *Kiamarsi Magazine, Parlamidite.com* e *Full D'Assi Magazine.*

DANTE FANTASY
Vampiri, lupi mannari, elfi, draghi e altre cosette che per i lettori medievali della Divina Commedia erano ovvie

di Dario Rivarossa

2019, pp. 112, € 12,00

L'OCCHIO DI MOBIUS

di Marco Garineidi

2019, pp. 146, € 12,00

ANGELO MICHELE IMBRIANI (a cura di), *Le porte dell'orrore*, 2019, pp. 100, € 12,00

CARLO CRESCITELLI, *A SPASSO CON L'ANTIVIAGGIATORE*, 2019, pp. 126, € 12,00

DARIO RIVAROSSA (a cura di), *L'altro fantasy. Senza spade nè draghi*, 2019, pp. 102, € 12,00

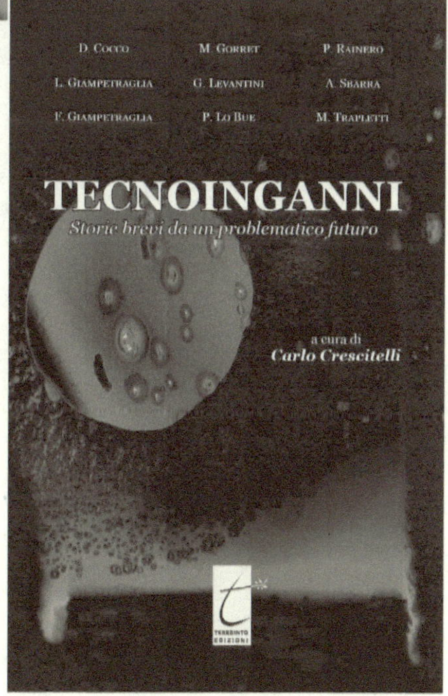

CARLO CRESCITELLI (a cura di), *TECNOINGANNI. Storie brevi da un problematico futuro*, 2019, pp. 122, € 12,00

Anno XLII - N. 1 Gennaio-Aprile 2020

RISCONTRI

RIVISTA DI CULTURA E DI ATTUALITÀ

fondata da Mario Gabriele Giordano

RISCONTRI

RIVISTA DI CULTURA E DI ATTUALITÀ

fondata da Mario Gabriele Giordano nel 1979

Quando la cultura è attualità
e l'attualità è cultura

Una testata unica nel suo genere che si caratterizza per l'approccio globale al mondo della cultura, con articoli di critica letteraria, di storia e di filosofia. Lontani dagli eccessi della specializzazione e al di fuori di ogni condizionamento che non consista nel rigore scientifico e nell'onestà intellettuale dei contributi, "Riscontri" mantiene da più quarant'anni l'approccio divulgativo che l'ha resa celebre anche oltre i confini nazionali.

Per questo "Riscontri" è ormai molto più che una semplice rivista, ma una comunità composta da autori, da lettori e da studiosi che in vario modo contribuiscono alla sua vitalità.

Scopri di più su

www.riscontri.net

www.ingramcontent.com/pod-product-compliance
Lightning Source LLC
LaVergne TN
LVHW101918220826
846093LV00009B/285

9788831340236